いま読む！名著

三島由紀夫『豊饒の海』を読み直す

「もう一つの日本」を求めて

井上隆史
Takashi INOUE

現代書館

いま読む！名著

「もう一つの日本」を求めて

三島由紀夫『豊饒の海』を読み直す

＊

目次

序章

『豊饒の海』を読み直す

死の呪縛

三島由紀夫没後四十七年を迎えたが、今なお三島に対する関心は、衰えることがない。二〇一七年一月にも一九七〇年一一月の自決九カ月前、ライフワークである『豊饒の海』四部作の第三巻『暁の寺』をちょうど書き上げた直後に収録されたというインタビューの肉声テープがTBS社内で発見され、新聞、テレビ等で大きく報道された。

どうしてこんなにも長く、三島は注目の的であり続けるのだろうか?

死の衝撃があまりにも大きく、人は皆こんにちに至るまで、その納得のゆく理由を探し続けているのかもしれない。なぜ三島はあのような死に方をしたのかという問いが、いつまでも謎として迫って来るのだ。

三島は熱烈な天皇主義者として、憲法改正を訴えて死んだのだ。

いや、幼時から死に魅入られていた三島は、もっぱら死にたいがために死んだのだ。

しばしば、こういう解釈が唱えられる。確かにそれは三島の死の一面を言い当てている。けれども、これですべてが解明できるとも思えず、謎が謎を呼んで、いまなお人々の関心を集めているのだ。しかし、このような傾向がいつまでも続くのは、決して望ましいことではない。というのも、死をめぐる問いが私たちの精神を呪縛してしまい、文学作品との自由な出会いを妨げることになるからである。

そこで、これから私は右に掲げたような解釈とは異なる角度から『豊饒の海』に光をあてることで三島―読者を取り巻く死の呪縛を打ち破り、この作業を通じて、私たちがいまだ充分に認識していない三島文学の真価を探り当ててゆきたいと考えている。

具体的にはこうだ。

三島は熱烈な天皇主義者と言われている。しかし、決して内向きの視線を持ったファナティックな国家主義者ではなく、私たち皆にとって切実な、国境を越えて広がる普遍的なテーマを追究していたのではないだろうか。また、三島が何よりも求めたのは決して死ではなく、小説『豊饒の海』を完結させることではなかったか。

『豊饒の海』は、こうしたテーマを読者とともに考えてゆく場であり、もし私たちが望むなら、二一世紀を生きてゆくためのヴィジョンを、読者にもたらしてくれる作品なのではあるまいか。そしてそのようなヴィジョンのなかから、現実の日本を越える「もう一つの日本」が姿を現わすのではなかろうか。

『豊饒の海』との出会い損ね

いま、三島の死をめぐる問いが私たちを呪縛する、ということを述べた。では、三島自決以前の『豊饒の海』評は、どのようなものだったのだろうか。『豊饒の海』は一九六五年（昭和四〇）九月を初回として、以後雑誌「新潮」に連載された。その間の読者の反応は、当然のことながら『豊饒の海』を完結した小説として全体的に捉えたものではないが、三島の死という事実に振り回されることのない作品解釈のありようを、そこに読み取ることができるはずである。

　幸い、ここに三島と親交の深かった澁澤龍彦による書評がある。『豊饒の海』は四巻構成だが、主人公・松枝《まつがえ》清顕《きよあき》が悲恋の果てに亡くなる『春の雪』、清顕の生まれ変わりである右翼青年・飯沼勲《いさお》が自刃して果てる『奔馬』が完結した時点で、全篇に先立ってこの二巻のみ新潮社から単行本化された。一九六九年（昭和四四）一月、二月のことである。これを受けて発表された澁澤の文章の表題は「エロティシズムあるいは情熱の行方」。新潮社のPR誌である「波」（一九六九年四月）に寄稿され、後に「輪廻と転生のロマン」と改題された。

　ここに言うロマンとはノベル、すなわち小説を意味しており、同時に夢のような物語という意味も込められている。これだけ見ると、『豊饒の海』は輪廻転生の夢のようなお話ですよ、として澁澤はこの小説を高く評価しているように思われる。

　ところが、実際に書評のページを繰ってみると、どうも様子が違う。たとえばこうだ。

〔……〕いったい、輪廻転生の説とは、まことに曖昧模糊とした哲学であって、そこに過去・現在・未来の全体を鳥瞰する超越者、ニルヴァーナの境地に入った解脱者の視点を導入しなければ、永遠の歴史はのっぺらぼうの時間的継起と何ら異ならなくなってしまうのだ。

これが近代小説のテーマとして利用され得るのは、したがって、せいぜい超自然の恐怖小説ぐらいのものではなかろうか。[*1]

澁澤はこう述べる。だが、少なくとも『春の雪』『奔馬』の段階では、「ニルヴァーナの境地に入った解脱者」は作中に見当らないし、実は『豊饒の海』全篇を読み通したとしても、そのような人物が描かれているかどうか、解釈の分かれるところであろう。[*2]『豊饒の海』は「超自然の恐怖小説」とは言えないので、結局のところ澁澤は、ＰＲ誌での書評という立場にもかかわらず、『豊饒の海』を評価するより先に、むしろ当惑や疑念をのぞかせていることになるのである。

その気持ちを推し量ってゆくならば、澁澤の考えには、どうやら暗黙の前提が潜んでいるように思われてくる。

それは、近代小説においては、人物も出来事も一貫して前に向かって進んでゆくべきだという考えである。その背景には、近代という時代におけるすべての事象は、直線的に発展してゆくはずだという近代主義、進歩主義的な世界観が横たわっている。ところが、輪廻転生という観念においては、ただ同じ事象が繰り返されるのみで、それでは凡庸、平板な、世界観とも言えぬような世界観が展開するに過ぎない。それは、近代的な小説観、世界観と矛盾をきたす。主人公が輪廻転生するという設定は、単に非科学的で荒唐無稽な夢物語だという以上に、そもそも小説として成り立たないのである。

——意外に思う方もいるかもしれないが、どうやら澁澤はこのように考えているふしがあるのだ。だが、これは澁澤一人のことではないかもしれない。『豊饒の海』連載当時、こういう思いから、一度は読もうとした『豊饒の海』に疑念を抱き、これを手放した読者が少なからずいたのではないかと、私は推測する。

しかし、これは近代主義的偏見と言うべきものではないだろうか。近代という時代において、本当に事象は直線的に進歩してゆくものなのだろうか。仮にそうだとしても、それは望ましいことだと言えるのか。また、輪廻転生とは「曖昧模糊とした哲学」に過ぎないものなのか。こうしたことをきちんと検証せずに、澁澤は『豊饒の海』に対して一種の先入観を抱いてしまい、それにもかかわらず書評を書かねばならなくなって、困惑を隠しきれずにいるのだ。

こうしてみると、私たちは三島の死以前から、既に『豊饒の海』と出会い損ね、その作品世界とすれ違い続けてきたのかもしれない。澁澤ほどの三島の理解者であり、柔軟な思想の持ち主であっても、『豊饒の海』という作品それ自体に向き合うことができずにいたのである。

先入観からの解放

しかし、さすがに澁澤は他の評者とは違った。

三島自決後、一九七一年二月に『豊饒の海』最終巻となる第四巻『天人五衰』が刊行される。当初三島は、第一巻の主人公である松枝清顕の友人である本多が第四巻に至って老境を迎え、清顕から第二巻、三巻、四巻へと生まれ変わってきた転生者に導かれて解脱を迎え救済される、というハッピーエンドをひそかに考えていた。

ところが、第三巻『暁の寺』脱稿後に構想は大きくあらためられ、実際に発表された『天人五衰』においては、輪廻転生の物語は、いわばすべて本多の妄想に過ぎなかったことが、その結末で明かされる。この最終巻に対する澁澤の応答は、先入観から解放された、まことに鋭いものだった。澁澤は次のように述べている(「『天人五衰』書評」、「文藝」一九七一年五月)。

十六年前に三島氏は書いている。「あの破壊のあとの頽廃、死ととなり合せになったグロテスクな生、あれはまさに夏であった。かがやかしい腐敗と新生の季節、夏であった。昭和二十年から二十二、三年にかけて、私にはいつも真夏が続いていたような気がする。あれは兇暴きわまる抒情の一時期だったのである」と。

『天人五衰』のラストの夏は、輝かしい抒情の夏ではないけれども、それでもやはり終末の夏、しんとした、あらゆる物音の消え去った、そのまま劫初の沈黙と重ね合わせられるような、三島氏がどうしてもそこから離れられなかった、あの永遠の夏であることに変りはなかったのである。それは、いわば三島文学の終末の夏でもあって、私はそこに、否応なしに感動させられたのであった。*3

単純な近代主義的見地から言えば、戦後とは敗戦の荒廃を乗り越えゆく復興と発展の舞台であった。しかし、澁澤は『天人五衰』の結末に、終戦直後の時空間の再現を見ている。さらに遡って、それは「劫初の沈黙」とも重ねられる。こういう視点を選択することは、戦後二五年間の歩みを復興と発展の過程と信じて疑わない単純な見方を覆すことであり、ひいては近代主義的、進歩主義的な世界観を否定することを意味するだろう。ここで澁澤は、「天皇陛下万歳」を唱えての自決という事実に惑わされることなく、先入観からも解放されて作品そのものの声を聞き取ることによって、そのような解釈に到達しているのである。

右の澁澤評は実に鋭い。だがこのような次元に立って書かれた『豊饒の海』論は、まことに少ない。私たちはこれを見倣い、さらに一歩進んでいまを生きるためのヴィジョンを『豊饒の海』から受け取るために、この長篇に挑み、読み直してゆきたいと思う。現実の日本を越える「もう一つの日本」がそこに立ち現れることを祈りつつ。

では、全四部作のどこから読み始めたらよいであろうか。

あえて通常の読み方とは異なり、私は第三巻『暁の寺』――第二巻『奔馬』の主人公の右翼青年がタイ王室の姫君に生まれ変わるという設定の『暁の寺』――から読み始めたいと思う。というのも、『春の雪』『奔馬』の書評の時点で澁澤をつまずかせたと言える輪廻転生についての思索が、もっとも丁寧に展開されるのは『暁の寺』だからだ。そこでは、『豊饒の海』の作品世界の根底に置かれた唯識思想についても、詳細な議論が繰り広げられる。

まずはこの部分を慎重に読み込むことによって、『豊饒の海』全篇に対する新たな読みを展開するための糸口としたい。

なお、本文の引用に際しては、旧仮名遣いは新仮名遣いに、漢字の旧字体は新字体に変更するなど、適宜、表記や用字をあらためた。ただし、三島由紀夫の創作ノートや古典文献など、旧仮名遣いのままにした場合もある。また、未邦訳の外国文献の引用に際しては、「著者訳」として拙訳を掲げた。

『豊饒の海』梗概

ここで便宜のために、四巻全体の筋立てを確認しておくことにしよう。

第一巻『春の雪』（一九六五年九月―一九六七年一月に連載）。一九一三年（大正二）、洞院宮第三王子治典王《はるのりおう》殿下と綾倉聡子《あやくらさとこ》の婚約が決まるが、松枝清顕は結婚の勅許（天皇の許可）を犯して二歳年上の聡子と逢瀬を重ね、やがて聡子は妊娠する。ひそかに堕胎した聡子は、奈良の法相《ほっそう》唯識の尼寺・月修寺で出家し、以後二度と清顕と会おうとしない。聡子との面会を拒まれ続けた清顕は病に倒れる。そして、自分の見た夢を書き記した「夢日記」を友人の本多繁邦《しげくに》に託し、「又、会うぜ。きっと会う。滝の下で」[*4]という言葉を残して二〇歳で死ぬ。

第二巻『奔馬』（一九六七年二月―一九六八年八月）。判事になった本多は、一九三二年（昭和七）、奈良の三輪山の滝で飯沼勲に会う。その脇腹には清顕と同様に、三つの黒子があった。その後、清顕の「夢日記」に描かれた事柄が、勲によって体現されるのを目の当《ま》たりにして、本多は勲が清顕の生まれ変わりであることを確信する。勲は昭和の神風連《しんぷうれん》（神道を重んじ攘夷を唱える反政府士族の集団で、一八七六年にあたる明治九年に熊本で神風連の乱をおこすが、まもなく鎮圧された）たらんとして財界首脳の暗殺などを企てるが事前に発覚し、仲間とともに逮捕される。本多は判事を辞して勲を弁護し、すべては憂国の至情にかられたものだという情状が酌量されて勲は釈放される。しかしその後、勲は一人で財界の大物《おおもの》・蔵原を刺殺し、自身も二〇歳で切腹する。

第三巻『暁の寺』（一九六八年九月—一九七〇年四月）は『豊饒の海』四巻のなかで唯一、二部構成になっている。一九四一年（昭和一六）、四七歳になった本多はタイを訪れ、みずから勲の生まれ変わりだと主張するタイ王室の幼いジン・ジャン（月光姫）に会う。彼女は本来知っているはずもない清顕や勲についての記憶を持っていた。本多はインド旅行の後に帰国し、その後太平洋戦争中の日本で、輪廻転生や唯識の研究に専念する（第一部）。

ところが、戦後、サンフランシスコ講和条約発効の年にあたる一九五二年（昭和二七）、日本に留学したジン・ジャンは、かつて自分が勲の生まれ変わりだと主張していたことなど、すべて忘れさっていた。ジン・ジャンに魅惑された本多は彼女に恋慕するが、その同性愛行為を覗き見て、自分はジン・ジャンの恋の対象にはなりえないと覚る。さらに本多は、ジン・ジャンの腋に三つの黒子が歴々と現われていることを見て、彼女はやはり転生者なのだと確信するが、それは自分が結局のところ、清顕、勲、ジン・ジャンと続く一連の転生者に対して傍観者に過ぎず、彼らと自分との間には越えがたい断絶があると思い知ることでもあった。その後彼女は帰国し、コブラに腿を咬《か》まれて二〇歳で死ぬ（第二部）。

そして、最終の第四巻『天人五衰』（一九七〇年七月―一九七一年一月）。先立つ三巻とは異なり、発表時における近未来小説となっている。

一九七〇年（昭和四十五）、七十六歳の本多は、港湾通信士の安永透を新たな転生者と考えて養子に迎える。それは、今度こそ単なる傍観者であることを越えて転生者と関わろうとするためだが、選ばれし人である彼ら転生者を、自分と同じ凡庸な水準に貶《おとし》めるためでもあった。だが透は贋の転生者で、本多の額を暖炉の火搔き棒で殴るなど養父を邪慳に扱った。おまけに本多は、ジン・ジャンの同性愛行為を覗く以前から夜の公園で他人の情事を盗み見る奇癖に囚われていたことを週刊誌で暴かれ、名誉も体面も失う。

一九七五年（昭和五〇）、透は二一歳になっても生き続け、逆に死期が迫ったのを知った本多は、六〇年ぶりに奈良の月修寺を訪れ、門跡《もんぜき》（住職）となった聡子に、面会する。だが、本多の語る輪廻転生の話に対して、それはすべて夢物語なのではないかと聡子は答える。そして、「松枝清顕さんという方は、お名をきいたこともありません。そんなお方は、もともとあらしゃらなかったのと違いますか？　何やら本多さんが、あるように思うてあらしゃって、実ははじめから、どこにもおられなんだ、ということではありませんか？　お話をこうして伺っていますとな、どうもそのように思われてなりません*5」とまで言うのだ。これを聞いた本多は、衝撃のあまりみずからの存在がみるみる消え去ってゆく思いに襲われる。そして、「夏の日ざかりの日を浴びてしんとしている」月修寺の庭でこう考える。「記憶もなければ何もないところへ、自分は来てしまった」と……。

＊1　澁澤龍彥、『澁澤龍彥全集一〇』、一八〇ページ。
＊2　『天人五衰』末尾に月修寺門跡として登場する聡子には、「ニルヴァーナの境地に入った解脱者」と見なしうる面があるかもしれない。本書第3章参照。
＊3　澁澤龍彥、『澁澤龍彥全集一一』、一三八ページ。
＊4　三島由紀夫、『決定版三島由紀夫全集一三』、三九四ページ
＊5　三島由紀夫、『決定版三島由紀夫全集一四』、六四六ページ

第1章

『暁の寺』

昭和の鏡、時代の鏡

本書は、四巻構成の『豊饒の海』の第三巻『暁の寺』の
読み直しから始めてみたい。『暁の寺』は第一部、第二部に分断され、
脈絡を欠く失敗作とみなされることもある。しかし、
その断絶の意味するものを、本章はていねいに読み解いてゆく。
「昭和」という時代が敗戦によって前後に切断されていることに
異論を持つ者はないだろうが、その断絶によって、
何が変わり何が変わらなかったのか。
この問題を慎重に検討することは、高度経済成長を終え、
バブル崩壊、東日本大震災と原発事故という深刻な事態に見舞われた
21世紀の日本人に、新たな意味をもたらすに違いない。

1　日本近代史のなかの「昭和」

もっとも読み辛い『暁の寺』

　これから『暁の寺』を読み始めようと思うが、実を言えば『暁の寺』は『豊饒の海』全四巻のなかで、読者にとっても最も親しみにくく読み辛い作品である。それは、輪廻転生や仏教をめぐる難解な文章が何ページも続くからだが、それだけが理由ではない。むしろ最大の原因は別のところにある。『豊饒の海』四部作のうちただ一つ『暁の寺』は第一部、第二部に分かれ、ストーリー展開も登場人物の性格も、途中で分断されてしまう。そこには構造的美観も、いやも応もなく読者を引き込む一貫した物語の流れも欠けているように思われ、だからこそ読みにくいのだ。

『暁の寺』の主人公は、タイ王室の姫君ジン・ジャンである。一九四一年（昭和一六）、タイを舞台とする第一部では七歳。自分が勲の生まれ変わりだと主張する彼女は、訴訟の仕事でタイを訪れジン・ジャンと出会った本多弁護士を驚かせるが、太平洋戦争後、第二部の舞台となる一九五二年（昭和二七）の日本に留学した十八歳のジン・ジャンは、かつて本多と会ったことも、自分が日本人の生まれ変わりだと主張していたことも、何も覚えていない。何を考えているのかわからぬこの美少女に、五八歳になった本多は我ながら不可解だと思う恋慕の情を抱いてしまい、名高い弁護士事務所を代表する立場でありながら、ストーカー行為を働く。そんな恋が稔るわけがない。策を弄した本多は御殿場の別荘でパーティーを催し、客の一人として招いたジン・ジャンの寝室を、ひそかにしつらえた覗き穴から覗き見る。ところが、穴の向こうでジン・ジャンは慶子という中年婦人とレズビアン行為に耽っていた。本多は衝撃を受け、自分の恋の絶対的な不可能（本多の「失恋」）、人生の無意味と虚無を悟ることになる。その直後、暁闇の時刻に別荘は焼失するのである。

このような『暁の寺』における個々のエピソードは、意表を突いているかもしれない。だが、『春の雪』、『奔馬』と読み進めてきた者は、それまでの脈絡が切断されて戸惑うばかりなのだ。最初の二巻では、こういうことはなかった。「又、会うぜ。きっと会う。滝の下で」という言葉を残して亡くなる美貌の若者・松枝清顕の悲恋、そして割腹して果てる右翼青年・飯沼勲の行動。彼らに対する読者の好悪は、あるいは分かれるかもしれないが、結末に向かって引き絞られてゆく物語の緊迫した展開には、私たちの心を捉えて離さぬ力があった。

どうしてこういうことになってしまったのだろう。しばしば指摘されるのは、『暁の寺』の連載開始の前年にあたる一九六七年から始まった自衛隊への体験入隊や、一九六八年に正式結成された楯の会の活動があまりにも多忙で、三島は小説に集中できる充分な時間を保てなかったのではないか、ということである。そもそもこれは三島の文学的創造力の衰えの現われではないのか、と言う者もある。その結果、『暁の寺』は、単に読みにくい作品というだけでなく、『豊饒の海』全篇中、もっともつまらない失敗作だと見なされることも多いのである。

――しかし、『暁の寺』の読みにくさの原因を三島に負わせるのは、責任転嫁というものである。

それはこう考えるべきではあるまいか。前後に分断され、脈絡も構造的美観も欠けているのは、他でもない「昭和」という時代を鏡に映した姿なのだと。この作品が第一部、第二部に分かれているのは、太平洋戦争の敗戦によって「昭和」という時代が前後に切断されていることを、この上なく正確に反映するものであるように思われるのである。

さらに言えば、「昭和」という時代が分断されているのは、日本の近代それ自体が、至るところで矛盾を孕み、分断されていることの縮図ではあるまいか。『春の雪』の幕開け前の時期にあたる日露戦争前後、『奔馬』の幕開け前の時期にあたる大正末年から昭和初期にかけての時代も、社会が大きく変貌する時期であった。つまり、日本の近代は決して一定の軌道に沿って発展してきたわけではなく、いくつもの断裂線によって切断されているのだ。

こういう観点に立つとき、『暁の寺』は読み辛い失敗作であるなどと、簡単に片づけるわけにはゆかなくなる。それはむしろ、「昭和」を生きる一人の作家が、時代に刻印された矛盾や亀裂にリアリストとしての厳しい目を向け、これを自己自身の矛盾として引き受けながら書き上げた小説と言うべきではないか。

その執筆過程は困難を極める。少しでも気が緩めば、作品世界は脈絡を失って破綻し、砕け散ってしまうかもしれない。本書の冒頭で触れた自決九カ月前のインタビューのなかでも、三島は『暁の寺』執筆の苦しみを語っている。その困難を乗り越え、かろうじて三島は『暁の寺』を完成させたのである。

この経緯に目を向けることなく、『暁の寺』を読み辛いと感じ、これに失敗作の烙印を押したいのだとすれば、それは私たち自身が、時代の矛盾、亀裂に直面したくないからに他ならない。誰も醜い自分の実像など見たくないし、見て見ぬふりをしているうちに、本当の姿を忘れたつもりになっているのである。

『暁の寺』創作ノート

幸い、『豊饒の海』には取材や構想の過程を詳細に記した創作ノートが残されている。三島は天才的な作家で、頭に浮かんだアイデアが、そのまま直ちに決定原稿となるかのような印象が強いが、それは事実に反する。『豊饒の海』に関しては、これまでのところ二三冊のノートが確認されている。そこで私はまず、この貴重な資料を参照しながら、『暁の寺』執筆にあたり、そもそも作者の三島は「昭和」という時代をいかに捉え、日本の近代をどのように表現しようとしていたのか、ということを確認しておきたい。

『豊饒の海』起筆前に全篇のプランを模索した最初期のメモのなかにも、後に『暁の寺』へと発展することになる内容が書き留められている。たとえば、次のようである。

輪廻転生の主題
個性の蔑視

一　ヒーローの超性的転生

第一巻　夭折した天才の物語――芥川家モチーフ（自殺、夭折、過淫、多病）
第二巻　行動家の物語――北一輝のモチーフ、神兵隊事件のモチーフ
第三巻　女の物語――恋と官能――好色一代女
第四巻　外国の転生の物語
第五巻　転生と同時存在と二重人格とドッペルゲンゲルの物語
　　　　――人類の普遍的相
　　　　――人間性の相対主義
　　　　――人間性の仮装舞踏会[*1]

この時点では全体で五巻構成が考えられている。一巻、二巻に関しては、「芥川家」（芥川龍之介の家系）、「北一輝」というような具体的なモデルが念頭に置かれていたのに比べると、後半部分は、まだ茫漠としている。実際に発表された『暁の寺』の主人公ジン・ジャンはタイ王室の姫君だが、これは右のプランの第三巻、第四巻が融合したものだと言えよう。

いま紹介したい『豊饒の海』起筆前のメモがもう一つある。そこでは既に全篇は四巻構成とされ、第一巻に関して今度は西郷家がモデルとなっているのだが、第三巻、第四巻については次のように

ある。なお〔　〕内は、『決定版三島由紀夫全集』収録の際に翻刻を担当した私の注記である。

第三部

タイの王室の女or戦後の女（青春の不滅）、十九　廿才で死ぬ。〔「十九　廿才で死ぬ。」抹消〕死なぬ、生きのびて、六十才になつた男と結婚し、子を生む。その三人〔「三人」抹消〕二人が第一部、第二部をくりかへす。

第四部

八十歳になつた男の三人の孫が〔はじめ「六十五歳」とあったのが「七十」、さらに「八十」と変更された上で、「八十歳になつた男の三人の孫が」の全体を抹消〕、それ〴〵第一部、第二部、第三部を体現するにいたる。[*2]

ここでは、先の引用にあった「第三巻」と「第四巻」のプランが結びつけられているが、いったんは「死ぬ」とされた女主人公が、「死なぬ、生きのびて、六十才になつた男と結婚」と書き換えられ、第四部の「男」の年齢も二転三転するなど、作者の考えは定まっていない。また、子―孫へと関係が連なってゆくという設定は、輪廻転生よりも生物学的連鎖の方を重視するという点で、作品世界の基本を揺るがしかねない構想なのだが、これに関しては、本書終章でもう一度触れることがあるだろう。

創作ノートはその後、『豊饒の海』の各巻ごとに内容が深められてゆくが、『暁の寺』に直接関わるのは次の五冊だ。ノート表紙の表記を参考にして仮に附した呼称と、推定される執筆時期を以下に掲げよう。

①「バンコック取材　バンパイン離宮」一九六五年（昭和四〇）十月
②「薔薇宮①」一九六五年（昭和四〇）十月
③「Laos, India & Bangkok　暁の寺」一九六七年（昭和四二）九月—十月
④「暁の寺　戦後篇」一九六八年—一九六九年（昭和四三—四四）
⑤「暁の寺」一九六九年（昭和四四）三月

三島は、『春の雪』連載開始（「新潮」一九六五年九月）直後から二カ月間にわたり世界旅行に出かけ、十月にはタイも訪れている。①②のノートはその際に記されたもの。ちなみに、バンパインは美しい宮殿群で知られる王室の避暑地で、『暁の寺』第一部では本多が、幼いジン・ジャンと小旅行に出かけ、日常を越える至福の思いに包まれる場所として、重要な舞台となっている。また、『奔馬』連載中（一九六七年二月—一九六八年八月）にあたる一九六七年にも三島はインド、タイを旅行しており、③はそのときのノートである。

これらは基本的に取材ノートであるが、それに交じって『暁の寺』全体の筋立てや構想に関わる

記述も見える。特に、一九六八年七月に実際に『暁の寺』が起筆された時期の前後から執筆されたと考えられる④や⑤のノートでは、筋立てや構想に関する考察が本格的に展開されている。

これらのノートには、「昭和」という時代に対する三島の見解を考える上で見逃すことのできない記述がいくつかある。実際に発表された『暁の寺』においては作品の底部に伏流してしまい、ストーリーを表面的に辿るだけでは見落とされがちなテーマも認められる。

そのうち二カ所について見てみよう。

何も起らないということ

まず、③「Laos, India & Bangkok　暁の寺」ノートに、取材に交じって唐突に記された次の記述に注目しよう。一九六七年（昭和四二）十月、タイから足を延ばして訪れたラオスで書き留められたものと推定される。

△何も起らぬといふことの可能性
（一）政治的社会的経済的条件の成熟　アメリカの破滅的不況による世界的大不況はありえぬ。資本主義の体質は改善された。
（二）保守党の左傾と社会党の右傾
（三）憲法改正の不可能

（四）国境のないことから領土問題の古典的戦争の可能性の無いこと
（五）間接侵略による共産クーデターあるひは人民戦争理論の不可能（魚を泳がせる水がない）（武器及び補給の困難）
（六）帝国戦争時代の終焉と国家観念（交戦権）の相対的稀薄化
（七）左翼革命を激発させせぬ諸条件（農地改革の成功と工業化、都市化[*3]）

ここで「何も起らぬ」とは、社会が成熟して平穏無事である、という意味ではない。東西冷戦という緊張関係、およびその国内的反映である日本の五五年体制[*4]下において、逆に状況が身動きできぬほど固着してしまい、結果的に戦後日本は、もはや大きな変革など決して期待できない空虚で無力なものになってしまったのではないか。その兆候を捉えて、三島は「何も起らぬといふことの可能性」と呼んでいるのである。

通常の歴史的見方から言えば、五五年体制は高度経済成長を可能にする政治的安定の基盤となった。その結果、昭和四三年には国民総生産が西ドイツを抜いて資本主義国で世界第二位となる。その一方で、ベトナム反戦運動や反安保の学生運動により、当時の社会は騒然としていた。佐藤栄作首相の東南アジア、オセアニア訪問に反対して流血のデモが起き、京大生の山崎博昭が亡くなる事態となったのも、まさに一九六七年（昭和四二）十月である（羽田事件）。

ところが、そういう見地とはおよそ正反対の「情勢判断」を三島は示している。三島は経済大国となった日本の姿に欣喜雀躍しているわけではまったくなく、左翼運動の可能性を実感しているわけでもまったくない。

これは、『暁の寺』の取材とも構想・筋立てとも無関係な記述がノート内に混入したようにも見える。だが、創作ノートを少し前に遡ると、たとえば以下のような箇所がある。これは『暁の寺』の結末部分までを見通した構想としては最初期のもので、ここではじめて、本多の「失恋」という筋立てが明示される。

戦後、本多は、清顕の家のあとが焼野原になつたのを見る。（戦争中の焼跡）姫日本へやつてくる。聡子と or 第二巻の女とよく似た女とLesbian Love。本多、姫に恋し、生れかはりの清顕と巫山の夢を結ばんとすれど、姫何故かこれを退ける。レスビアン・ラブの失恋。〔……〕本多は戦後の日本へ、王の死後直ちにやつてきた姫を、飯沼のところへ案内する。飯沼は、敗北の極、ヒステリー状態にあり、何ら話を受付けぬ。天皇もすでに人間になつてしまつた今日、神秘などあるわけがない。いくら勲のみの知る話をしても、頭からうけつけぬ。[*5]

ちなみに「飯沼」とは、第一巻『春の雪』では松枝家の書生を務め、第二巻『奔馬』では主人公・勲の父であるとともに右翼団体の塾頭となった飯沼茂之を指す。これを先に引用した「情勢判断」と重ね合わせて読めば、次のようなことに思い至るであろう。すなわち、ジン・ジャンに対する本多の恋が稔らずに終わるという筋立ては、戦後日本社会には大きな変革など起こり得ないということを比喩的に物語るものではあるまいか、ということに。

『豊饒の海』の作品世界において実際に本多が「失恋」するのは、前年に調印されたサンフランシスコ講和条約が発効した一九五二年である。それは五五年体制、および高度経済成長の開始に先立って、その前提を整えた年だと言えるが、本多はこれからやって来るはずの戦後の繁栄も活発な学生運動も、すべて偽りの虚像であることを、誰よりも早く、あらかじめ体現してしまったわけである。

私の考えでは、このことは『暁の寺』が読者の不評を招いたことの一因となった。というのも、『暁の寺』が連載された一九六八年（昭和四三）から一九七〇年にかけての時期は高度経済成長の完成期にあたり、学生運動も激しい時期であった。その日々を生きていた人々の多くは、三島が提示した悲観的な観測を実感できず、本多の「失恋」が象徴するものを簡単に受け入れるわけにはゆかなかったからである。

ところが、高度経済成長を終え、バブル崩壊、東日本大震災と原発事故を経た二一世紀の日本人にとって否定しがたいのは、作品発表時には通常の見方とは逆の立場に立つと思われた三島こそ、紛れもないリアリストの眼差しをもって、真実を見抜いていたのかもしれない、という思いだ。高度経済成長は戦後復興の、ひいては日本の近代化路線の大きな成果だったはずだが、その高度成長自体が幻だったということは、戦後復興の過程が、そして近代化の過程それ自体が、はじめから解決不能の矛盾を内包していたということを意味する。三島はそこまで見抜いていたのではあるまいか。

タイ王ラーマ八世の怪死

もう一つ、一見したところ、三島が「昭和」という時代をどのように捉えていたかという問題とは無関係のように見えながら、実は重要な記述がノートにはある。タイ王室に関する事柄である。

本多がタイを訪れるのは一九四一年（昭和一六）だが、実際の史実として九年前の一九三二年六月、タイを絶対君主制から立憲君主制へと移行させた「立憲革命」が起きた。クーデターの後、多くの王族、貴族は国外に逃亡するが、『暁の寺』ではジン・ジャンの父・パッタナディド殿下（『春の雪』では日本に留学していた）もラーマ八世王とともにスイスのローザンヌに滞在している、という設定になっている

これに関連して、三島は「薔薇宮①」ノートに次のように記し、同じ文言を「暁の寺　戦後篇」ノートにも書き写している。

◎第二巻より第三巻への連結

第二巻におけるクー・デターの挫折が、第三巻におけるピブン（？）のクー・デターの成

功に転化し、且つ、クー・デターにより確信を失ひ、国外へ亡命せる貴族たちを描き、女主人公は、国にのこれる保守派の貴族の娘として生れ、自己の第二巻における運命を収拾する。[*6]

ピブンは後に「永年宰相」とも称されるようになる政治家（プレーク・ピブーンソンクラーム）の略称で、ここでは「立憲革命」が、ピブンのクー・デターと呼ばれている。それは内実も規模も勲のテロ行為とはまったく異なり、両者は本来なら比較しようのないはずのものである。それにもかかわらずここであえて三島が勲の行為とタイのクー・デターとを結びつけて考えているのは、単にタイが生まれ変わりの舞台となっているからではない。それはむしろ、クー・デターやテロが成功しようがしまいが、またその内実が同質のものだろうが異質なものであろうが、結局のところ近代という時代は、国境を越えて人に同じ課題を突きつけてくるということを言わんがためだとは言えないだろうか。

こう考えるとき、ラーマ八世王が生涯の最後に迎えた事件が、大きな意味を持って浮かび上がってくる。王は第二次世界大戦が終結すると帰国するが、翌年、ボーロマピマーン宮殿の自身の寝室で、額から後頭部にかけて銃弾が貫通した状態の死体となって発見されたのだ。この歴史的事実について、三島は③の「Laos, India & Bangkok　暁の寺」ノートで「自殺事件」[*7]、「ピストル事件　王も殺された」[*8]などと記しているが、真相は闇に包まれている。創作ノートの文言で「戦後の日本へ、王の死後直ちにやつてきた姫」という箇所を先に引用したが、これもこの事件に基づいた着想である。

これを踏まえると、『暁の寺』を構想し執筆する三島の脳裏には、タイ王室の辿った運命と日本の皇室の運命は、まったく無縁とは言い切れないという思いが浮かんでいたのではないか、と思われてくる。

はっきり言ってしまおう。第二次世界大戦後ラーマ八世は謎の死を遂げたが、では昭和天皇は死ななかったと言えるのか。身体は生き続けているように見えるが、そこに体現されていた何か本質的なものは死に瀕しており、いや、それどころか既に生命を断たれているのではないか。それにもかかわらず、「人間天皇」として振る舞い続けるのは、おかしなことではないか。

こういう考えが、三島の脳裏に浮かんできたのではないかと推測されるのである。

そうだとすれば、戦後日本が「何も起らぬ」社会に陥ってしまった理由の一端を、ここに探ることができるかもしれない。「何も起らぬ」とは、共同体がみずから変革する力を失って、意味という意味を吸い込んでしまうブラックホールを穿たれたような状態に陥ってしまうことである。だが、それは単に冷戦期の国際状況や五五年体制ゆえに起ったことではない。その淵源には、根源的な生命力の切断があった。その切断という事実は、日本においては天皇の死として表象される。こう三島は見ているのだ。

実は、タイ王室と天皇との関係については、一九六八年（昭和四三）五月に書かれた『文化防衛論』に次のような記述がある。

現行憲法下法理的に可能な方法だと思われるが、天皇に栄誉大権の実質を回復し、軍の儀杖を受けられることはもちろん、聯隊旗も直接下賜されなければならない。

私がこういうことを言うのは、東南アジア旅行で、タイの共産系愛国戦線が集会のあとで国王讃歌を歌って団結を固め、また、ラオス国土の三分の二を占拠する共産勢力の代表者パテト・ラオが国王へ渝《かわ》らぬ敬愛の念を捧げるなど、共産主義の分極化と土着化の甚だしい実例を見聞しているからである。時運の赴くところ、象徴天皇制を圧倒的多数を以て支持する国民が、同時に、容共政権の成立を容認するかもしれない。*9

「聯隊旗も直接下賜されなければならない」という言い方や、「容共政権の成立を容認するかもしれない」ことへ危機感の表明は唐突とも見えるが、その真意は、戦後社会において根源的生命力が衰亡してしまったという事実を訴えるところにあった。

戯曲と小説

このような時代認識は、実際に発表された『暁の寺』においては伏流してしまい、ストーリーを表面的に辿る限りでは読み取りにくいように見える。だが、それは一見そう見えるだけのことであって、「昭和」という時代に対する、そして日本の近代に対するこのような認識が、『暁の寺』の作品世界の根幹に横たわっているのである。

では、これを作品化するに際して、三島は具体的にどのような構想を抱いていたのだろうか。

一九六八年から翌年にかけての時期に書かれたと推測され、『豊饒の海』起筆前の創作ノートにホチキス留めされていた原稿用紙があるが、そこには次のようにある。

△本多が狂熱に与しなかつたのハ　むしろ保身、自己防ヱイのためである　第二巻で、狂熱の結果を余すところなく見（第一巻で感情の結果を）　彼は人生で、デモーニッシュなものをすべて避け　政治の狂熱も排する。理性と法秩序さへ、しかし奥底でハ信じてゐない。第三巻の南方行でも追放の原因とならぬ。ヒューマニズムは、あとで身をかばつてもらふため。サディズムは自己破壊につながることを知る。第三巻後半で、王女が、日本でひどい目にあひ、法律上の相談に来るが共感せぬ。彼女は故国へかへり熱帯潰瘍で死ぬ（しらべる　バンコックで病人を見る　コブラ）。彼は見舞にゆき　そのすさまじい死に附合ふ。*10

これを読むと、本多というキャラクターの基本的設定は、既に実際の発表作と変わらない。ただ、「王女が、日本でひどい目にあひ、法律上の相談に来るが共感せぬ」とあるところは、発表作においては、反映していない。

また、実に興味深いことに、⑤の創作ノート（表題「暁の寺」）によれば、『暁の寺』第二部を原稿用紙四〇〇枚相当の四幕物（一〇〇枚×四）の悲劇とするプランもあった。その一部を紹介すると以下のようである。

第一部――春の富士｛第一幕100――別荘の客たち／第二幕100――妻の嫉妬｝

第二部――夏の富士｛第一幕100――混迷／第二幕100――レスビアニズムのカタストロフと黒子の開顕。｝

△登場人物（十五人）

1、第二部のマキ子（50何歳）――歌人として大成。

2、第二部の新河男爵夫妻――七十五歳位。

3、若い美しい聡子によく似た女。

4、本多夫婦

5、戦後の財界人　戦後の復讐の推進者（鹿島家がモデル）

新らしい経営者たち（革命恐怖）――新宿動乱等。

6、米軍将校

7、サロン・コミュニスト、平和主義者。

8、新聞記者の大物
9、シャンソニエ――戦後のスタアのはしり（越路吹雪）
10、歌舞伎役者
11、外交官
12、西洋人。
13、月光姫。
14、五井財閥の未亡人。（息子を戦争で失ふ。代々変死）
15、近衛家

△15
1、第二部のマキ子（50何歳）――大家歌人
2、第二部の新河男爵夫妻――七十三歳位。
3、松枝家の養嗣子
4、若い美しい聡子によく似た女（月光姫の世話係、実はレスビエンヌ）
5、本多夫婦
6、戦後の財界人（鹿島）
7、サロン・コミュニスト

8、米軍将校（旧日本人貴婦人と結婚）
9、シャンソニエ（越路吹雪）
10、歌舞伎役者 or 離婚した貴婦人（山本 or 朝吹）
11、外交官（性のミレニアムを夢みる男）
12、月光姫
13、外国人
14、五井財閥の未亡人（息子を戦争で失ふ。代々変死）
15、近衛家
16、トンボ鉛筆*11

ここからさらに先にノートを繰ってゆくと、第一部「春の富士」、第二部「夏の富士」について、それぞれ「〈本多ののぞき癖〉——壁穴　月光姫、春休みにてここに滞在、パーティーとて、ハンターその他集まる。（寝園の如し）」、「本多の月光姫への恋の悩み。はじめて清顕の悲劇を理解する。黒子の開顕するカタストローフへの急進」などという記述もある。

結局のところ、戯曲を挿入するというこのプランは、取り入れられなかった。だが、性のミレニアムを夢みる外交官は頽廃的なドイツ文学者の今西、五井財閥の未亡人は椿原夫人として登場するなど一部の構想は実作に生かされている（今西、椿原夫人については後述する）。

また、この時点で三島が、横光利一の『寝園』を念頭に置いていたこともわかる。『寝園』は、事故か故意にか、猪狩りの際に夫を銃撃してしまった妻を中心に、上流階級の浮薄な恋愛心理を描いた小説だが、一種の群像劇的な様式を備えており、そこのところが三島の創造意欲を刺激したということも考えられる。

もし、本当に『暁の寺』第二部が戯曲として書かれていたならば、大胆な小説構成の事例として広く注目を集めたに違いない。たとえば人肉食をテーマにした武田泰淳の短篇小説「ひかりごけ」は途中から戯曲形式になるが、そのような構成を、より本格的かつ大胆に展開する実験的作品としてである。

だが私の考えによれば、三島は戯曲として書くプランを廃棄したからこそ、戦後という空虚で矛盾に満ちた時空間の特異性に、より迫ってゆくことができたのではないか。

なぜなら、戯曲というジャンルは、観客を前に時間的空間的に限定された場において何事かが生起するという前提があってはじめて成立する。たとえ上演を想定しない「読むための」戯曲であっても、やはり限られた時空間内における言葉と行為の応酬、すなわち一定の秩序と構造が存在する。ところが三島は、戦後日本の時空間のなかに、意味という意味を吸い取り解体してしまうブラックホールを見出してしまったのだった。そのブラックホールの臨界点まで迫ってゆこうとするなら、ジャンルとしては、時空の制約を離れてモノローグに沈潜することを読者に促す小説の方が望ましい。芸術作品である以上、もちろん小説にも秩序と構造が備わっているが、しかしその秩序と構造の向こう側にまで無限に測定器を降ろしてゆくことができるのも小説なのである。

『夜明け前』から『暁の寺』へ

ここでもう一つ注意すべきことがある。それは、『寝園』は一九三〇年（昭和五）と、間を置いて一九三二年に発表された、戦前（昭和初期）の日本を描く作品だということである。ということは、「昭和」が敗戦によって二分され、その後「何も起らない」空虚な「戦後」が訪れることついては、既に「昭和」初期の時点で種が蒔かれていた、ということになるであろう。

いや、「昭和」の戦後の現実は、さらに遡った過去の時点から歴史のプログラムに埋め込まれていたのかもしれない。これは、「昭和」という時代が分断されているのは、日本の近代自体がバラバラに分断されていることの縮図であるということを、裏返した言い方である。このことを考えるために、一九二九年（昭和四）から一九三五年にかけて発表された島崎藤村の大作『夜明け前』と『豊饒の海』との関係に目を向けることにしよう。

しかしそのためには、まずは本多が御殿場に別荘を持つに至った経緯を確認しておかなければならない。優秀な弁護士だが、決して素封家というわけではなかった本多は、いったいいかにして戦後、財をなして広大な別荘を得るに至ったのか。

それは、彼がある行政訴訟を担当していたからである。

これは史実なのだが、一八七三年（明治六）の地租改正の際、多くの私有地や入会地が、半ば強制的に国有地に移管された。その土地を元の所有者に戻すために一八九九年（明治三二）、「国有土地森林原野下戻法」ができたが、下戻の申請者には所有事実の立証責任が課せられた。福島県三春地方のある村でもその申請があり行政訴訟となったが、『豊饒の海』では、喫緊の案件ではないため事態は進展しないまま、本多が訴訟代理人を引き継ぐという設定になっている。

ところが、半世紀に及ぶ膠着状態を破ったものがある。それは太平洋戦争の敗戦と、その結果として一九四七年（昭和二二）に施行された日本国憲法であった。新憲法によって係争中の行政訴訟事件の審理は東京高等裁判所へ委ねられ、この事件に楽々と勝った本多は、莫大な成功報酬を受け取ったのである。すなわち返還された山林の三分の一の売却代金にあたる三億六千万の金を得たのだ。

しかし、この勝利はたまたまその場に居合わせた者の僥倖としか言いようがなかった。三島は本多にこう考えさせている。

このことは本多の生活を根柢から変えた。戦時中から徐々に弁護士生活に飽いていた本多は、本多弁護事務所というよく通った名はそのままにして、実際の仕事は後輩にゆだね、自分はときどき事務所へ顔を出すだけになった。交際も変り、心の持ち方も変った。こんな風に四億近い金がころがり込むことも、それを可能にした新らしい時代も、真面目にとることができなかったので、自分も不真面目になろうと思ったのである。[*12]

そして別荘購入を考えるようになる。

夫婦は人の紹介で箱根仙石原の土地を見に行ったが、そこの湿気のひどさをきいて怖れをなした。運転手の案内で箱根を越え、御殿場二ノ岡の、四十年ほど前に拓かれた別荘地を見て廻った。むかしの貴顕の別荘があるが、戦後は富士演習地周辺の米占領軍とこれを迎える女たちを憚って、門扉を閉ざしたままになっている。その別荘地の西辺の、もと国有地で、農地改革の結果、土地の百姓に只で頒けられた荒地が、掘り出し物だというのである。

箱根外輪山麓のこの一帯は、富士の裾野のような火山灰地ではないけれども、檜の植林ぐらいにしか適さない痩地を、百姓たちはもてあましていた。芒、蓬におおわれた斜面が渓流へなだらかにみちびかれ、丁度真向いに富士を望むこの土地は、本多の気に入った。

当ってみると地価は甚だ廉かったので、再考を促す梨枝をしりぞけて、本多は早速五千坪の手金を払った。

では、いったい本多はこの別荘で何をするのだろう。

それは、壁に覗き穴をしつらえて、ジン・ジャンのレズビアン行為を覗くことだった。

これほどの愚行があるだろうか。

だがこの愚行は、日本の近代史それ自体が孕む痛烈なアイロニーとなっている。『夜明け前』が問題となるのは、この場面である。

『夜明け前』は、平田派の国学に心酔し、庄屋（戸長）として村人と村の将来のために心を砕いた青山半蔵が、結局のところ維新以降の時代の変化に裏切られ、座敷牢のなかから見えない敵に向かって糞を投げつけたあげく、ついには狂死する話である。その半蔵の人生を狂わせた最初の出来事が「山林事件」だった。半蔵は誰もが自由に山林を使うことのできる古代のような時代を夢見ていたが、山林が国有化して筑摩県の管理下に置かれると、一切の伐採が禁じられてしまった。そこで政府に対して抗議運動を行うと、庄屋の職を解かれてしまう。その経緯について、作中で半蔵自身がこう語っている。

その時、半蔵は先輩に酒をすゝめながら、旧庄屋の職を失ふまでの自分の苦い経験を、山林事件のあらましを語り出した。彼に言はせると、もしこの木曽谷が今しばらく尾州藩の手を離れずにあつて、年来の情実にも明るい人が名古屋県出張所の官吏として在職してゐて呉れたら、もつと良い解決も望めたであらう。今のうちに官民一致して前途百年の方針を打ち建てゝ置きたいといふ村民総代一同の訴へも聴かれたであらう。この谷が山間の一僻地で、舟楫運輸の便があるでもなく、田野耕作の得があるでもなく、村々の大部分が高い米や塩を他の地方に仰ぎながらも、今日までに人口の繁殖するに至つたといふのは山林あるがためであつたのに、この山地を官有にして人民一切入るべからずとしたら、どうして多くのものが生きられる地方でないぐらゐのことは、あの尾州藩の人たちには認められたであらう。いかんせん、筑摩県の派出官は土地の事情に暗い。廃藩置県以来、諸国の多額な藩債も政府に於いてそれを肩替りする以上、旧藩諸財産の没取は当然であるとの考へにでも支配されたものか、木曽谷山地従来の慣例奈何《いかん》なぞは、てんで福島支庁官吏が問ふところでない。言ふところは、官有林規則の御請けをせよとの一点張りである。その過酷を歎いて、ひたすら寛大な処分を歎願しようとすれば、半蔵ごときは戸長を免職せられ、それにも屈しないで進み出る他の総代のものがあつても、更に御採用がない。強ひて懇願すれば官吏の怒りに触れ、鞭で打たるゝに至つたものがあり、それでも服従しないやうなものは本県聴訟課へ引き渡しきつと吟味に及ぶであらうとの厳重な口達をうけて引き下つて来る。その権威に恐怖するあまり、人民一同前後を熟考するいとまもなく、一旦は心ならずも官有林の御請けをしたのであつた。*13

右は木曽の話であるが、明治維新後には、個別の事情を無視した土地の官有化に伴う同種のトラブルが日本全国で起こっていた。島崎藤村の『夜明け前』は、その意味するところを、日本の近代化というものが本質的に抱え込んでいた矛盾と歪みとして、根底から問い直そうとする。

ところが、こうした営為の一切を嘲笑し侮蔑し踏みにじるおぞましい素顔を、その後の歴史は私たちに示したのだった。狂気ゆえに一段と透徹した半蔵の洞察力をもってしても、こうした山林がやがて村の所有に復し、それがめぐりめぐって本多の愚行を生み出すことになるような事態までは想像も及ばなかったであろう。しかも、その引き金を引いたのが敗戦であり、日本国憲法であり、占領軍と娼婦たちであったということまでは。これは、近代的な理想主義を体現していると讃仰される新憲法が、実際に運用される場合に、いかに欺瞞的でアイロニカルな事態を引き起こすかということを物語る例の一つでもある。

実は、『豊饒の海』執筆中に行われた三島由紀夫と中村光夫の連続対談『人間と文学』において、中村が「藤村を調べてみると、やっぱりあなたの考えと似ているんだよ」[*14]と指摘すると、三島はこれを否定せず、みずから『夜明け前』の名前を挙げている。三島はそれ以上、何も具体的には語らないが、この両作品を合わせ考えるとき、『暁の寺』は、単に「昭和」の戦後や戦前の現実を描くだけの作品ではなく、明治維新期にまで遡って歴史の凄まじいアイロニーを読者に突きつける小説であることが明らかになってくる。時代の矛盾は本質的には既に明治期において孕まれており、それが「昭和」期に入って具体的な相貌を呈し、戦後の日本においてあますところなく露呈したとも言えるであろう。

先に述べたように、『暁の寺』は脈絡を欠く失敗作のように見なされ、作者三島の文学的創造力の衰えを指摘する者もいる。しかしながら、そういう指摘はたちまち私たち自身に跳ね返ってくる。なぜなら脈絡を欠き死に瀕しているのは、私たちが生きてきた「昭和」という時代であり、近代化を歩んできた日本そのものでもあるからだ。『暁の寺』はそれを読者に教える鏡なのである。

2 世界観としての輪廻と唯識

バンパイン

それでは、『暁の寺』がこのような小説であることと、主人公が次々に輪廻転生してゆくという『豊饒の海』の設定とは、どのような関係にあるのだろうか。また、輪廻転生という考え方を見事に説明するとされる唯識仏教とは、いかなるものなのだろうか。この問題を考えるために、まずは『暁の寺』第一部において輪廻転生がどのようなものとして描かれているかを確かめておきたい。

最初に注目したいのは、ジン・ジャンと出会った本多が、ともにバンパインに出かけるシーンである。それは『暁の寺』作中で、いや『豊饒の海』全篇においても、もっとも美しく幸福感に満ちた場面である。バンパインは、先にも述べたように美しい宮殿群で知られる王室の避暑地だが、そこへの道中、ジン・ジャンが遠景のジャングルを黙って見つめる様子が、本多の目を通じて次のように語られる。

遠い地平は低い密林《ジャングル》に覆われている。比較的前方の密林はこの綻び（雲の割れ目のこと──著者注）が照らす光りに、別世界のような美しい緑を輝やかせている。しかし後方の密林には黒雲の下辺が、霧の叢立つような豪雨を注いでいるのである。雨足は菌糸のように緻密に垂れて、暗い密林にしんしんと立ちこめている。目路もはるかな地平の密林の、一部分にだけ垂れている雨足の菌糸は、実に明瞭に見えているから、その雨足の、横なぐりの風に応える揺れまでもつぶさに見える。驟雨がそこだけに凝結して、幽閉されているのだ。

……本多にはそのとき、幼ない姫の見ているものが何ものか即座にわかった。

姫は時間と空間とを同時に見ていた。すなわち、彼方の驟雨の下の空間は、本来ここから見える由もない未来か過去かに属していた。身を現在の晴れた空間に置きながら、雨の世界を明瞭に見ていることは、異なる時間の共在でもあり、異なる空間の共在でもあって、雨雲が時間のずれを、はるかな距離が空間のずれを垣間見せていた。いれば姫はこの世界の裂け目を凝視していたのである。*15

一行はバンパインに着く。すると本多その人が、時空の境界を乗り越えて、霊妙自在な領域に導き入れられる。

時間も泡立ち、蜂の唸りに充ちた日ざかりの苑の空気も、そぞろ歩く一行の感情も泡立っていた。珊瑚のような時間の美しい精髄があらわになった。そうだ。そのとき姫の幼時の曇りない幸福と、その幸福の背後に連なる一連の前世の苦悩や流血は、あたかも旅中に見た遠い密林の晴雨のように、一つになっていたのだった。

自分はいわば、今襖という襖の取り払われた大広間のような時間にいると、本多には感じられた。あまりに広く、あまりに自在なので、住みなれた「この世」の住家とも思えぬほどだ。そこに黒木の柱はひしひしと立ちつらなり、何か人間の感情では届く筈のないところまで、目も届き、声も透りそうに思われた。姫の幼なさの至福がひろげたこの大広間の、群立つ黒壇の柱のかげには、まるで隠れんぼをしている人たちのように、あの柱のうしろに清顕が、この柱の裏に勲が、それぞれの柱にあまたの輪廻の影が、息をひそめ身をひそめているように思われるのだった。[*16]

やがてジン・ジャンは尿意を催し、本多は「痛切な可愛らしさ」を覚える（本書で後述するようにこれは後のストーリー展開に影響を与える重要なエピソードである）。

私たちは一般に、輪廻転生というものに、いかなるイメージを抱いているだろうか。そもそも仏教において輪廻とは苦しみと迷いが永遠に続くことであり、一刻も早くそこから逃れることが希求される。しかしこれとは反対に、輪廻というものに、日常を超えるロマンチックな憧憬の眼差しが向けられることもある。現代のわが国では、むしろそういう見方が多いかもしれない。一方、序章で紹介した澁澤のように、曖昧模糊で平板な世界観だとして、輪廻転生というものとまともに取り合おうとしない向きもある。

では、右に引用した場面では、輪廻転生はどのようなものとして描かれているであろうか。しいて言えば、ロマンチックな憧憬の対象という場合に近いように見えるが、その程度が尋常ではない。むしろそれは存在論的な高み（もしくは深み）において、あらゆる境界が溶解する時空のあり方、と言いたいぐらいである。そこで本多は、至福の喜びに浸るのである。

輪廻転生の二面性

ただし、注意しなければならないのは、時代の矛盾と亀裂を描く『暁の寺』という作品世界の全体は、このような至福からかけ離れているし、『暁の寺』以前の巻においても、輪廻転生は必ずしもそのようなものとして描かれていないということである。

たとえば第二巻『奔馬』でテロ計画が事前に発覚し独房に収容された飯沼勲は、自身の転生を予知する夢を見る。だが、それは彼に至福の喜びをもたらすものではまったくなかった。

夢の一つは、『暁の寺』の結末でジン・ジャンがコブラに腿を咬《か》まれて死ぬことになるのを先取りして、「蛇毒が全身の血の熱さを追い出して」、「体があたかも、金槌《かなづち》で叩いても砕けぬ冷凍の魚のように、固く凍《い》てついて来る」[*17]というものである。

もう一つは、勲が女に変身するという夢である。しかもその女は彼を愛する鬼頭槙子（⑤の創作ノート＝「暁の寺」に記された悲劇の登場人物「第二部のマキ子」に相当する）に、いつの間にか変貌し、勲は思いがけなく、その女に向かって射精してしまうところで目が覚める。

いいしれぬ悲しみがあとに残った。不快は、たしかに自分が女に変身したという夢の記憶が一方に残っているのに、どこかでその夢の経路が捩れて、槇子と思しい女体を見つめている記憶に変って行った、その曲り角がはっきりしないところから来るのである。しかも自分が瀆《けが》したのは槇子であろうのに、瀆した自分の内に、世界が裏返ったような先程のふしぎな感覚が、まざまざと残っていたのは奇怪である。

身を淋しく包む、ぞっとするほど暗い情緒が、(こんな不可解な情緒を、勲は生れてはじめて味わったが)、目ざめてからも、天井の二十燭光の電燈が投げる黄ばんだ捺花《おしばな》のような光りの下に、いつまでも去らずに漂っていた。*[18]

こういう箇所に着目するなら、『豊饒の海』に描かれる輪廻転生のあり方にはもともと、あらゆる境界が溶解し、人を至福の喜びへと導く正の面、陽の面だけでなく、逆に心を凍らせ、人を圧し潰すようなおぞましさという負の面、陰の面が備わっていることがわかってくる。

そう言えば、『奔馬』で勲とはじめて出会った本多は、彼が清顕の生まれ変わりではないかと考えて、自身が日頃感じていた「精神の氷結*[19]」から蘇るような深い生の喜びを覚える。しかしその反面、「ひとたび人間の再生の可能がほのめかされると、この世のもっとも切実な悲しみも、たちまちそのまことらしさとみずみずしさを喪って、枯葉のように落ち散るのが感じられた。〔……〕それは、考えようによっては、死よりも怖ろしいものであった*[20]」という思いにも襲われるのである。

ここにも、輪廻転生の二面性がよく現われている。

二面性の統合

ところが、話はここで終わらない。この両面は統合して、一段上の次元へと飛翔するのだ。『暁の寺』第一部に戻るが、本多はタイから足を延ばしてインドのベナレスを訪れ、その後さらにアジャンタ洞窟寺院に向かう。そこで巨大な滝を見上げる場面は、そういう箇所の一つである。

　本多は滝口を見上げて、その目のくらむほどの高さにおどろいた。あまり高いので、ここは次元を絶した世界が、そこから姿をのぞけているかのようだった。滝の辷り落ちる岩壁の緑は、苔《こけ》や羊歯《しだ》の暗い緑であるが、山頂の滝口の緑は、きよらかな萌黄《もえぎ》であった。そこにもいくばくの岩は露われていたけれども、草の緑の柔らかさ明るさはこの世のものではなかった。一匹の黒い仔山羊がそこの草を喰《は》んでいた。そして、草よりもさらに高く、絶対の青空に、夥しい雲が光りを含んで荘厳に入り乱れていた。

　音があるかと思えば、この世の限りの無音がここを支配していた。沈黙に圧せられるかと思えば、滝の音が乱暴によみがえった。本多の耳は、静寂とこの水音とにかわるがわる聴き惚れた。

　滝が飛沫を散らしている第五窟へ、いそぎたい心はやりと、足をとどめる畏怖とが、相争っていた。そこには多分何もないことはぽぼ確実たった。しかしこのとき、熱に浮かされた清顕の一言が、本多の心に点滴のように落ちた。

「又、会うぜ。きっと会う。滝の下で[*21]」

次項で見るように、「滝」は生まれ変わりの象徴である。生まれ変わりというものの正負、陰陽の二面性が、ここでは激しい滝音と無音の静寂として表現され、その両者が統合し重なり合う崇高さの頂点において清顕の言葉が、いや清顕の存在それ自体とも思われるものが、蘇ってくるのである。

唯識との出会い

こう見てくると、『豊饒の海』にとって（少なくとも『暁の寺』第一部までにおいて）輪廻転生というものは、単に誰それは誰それの生まれ変わりである、というような単純な話ではなく、澁澤が考えたような「曖昧模糊とした哲学」でもないことがよくわかる。それは人を至福の喜びへと導くと同時に、おぞましい絶望へと連れさるものでもあり、かつ、こうした矛盾した要素を矛盾したままに受け止めた上で止揚し、すべてを統合し包括するダイナミックな世界観なのだ。

「滝」はその象徴だが、これは、仏教の唯識思想の本質を三十の「頌《じゅ》」（仏教の教えを述べた詩句のこと）によって表した古代インドの学僧・世親《せしん》の手になる『唯識三十頌[*22]』の第四頌の、次の一句にちなむものである。

恒転如暴流（恒に転ずること暴流《ぼる》の如し）

この句は阿頼耶識《あらやしき》と呼ばれる根源的な「心」が、生じては滅し、生じては滅しながら、不断に相続してゆくさまを言ったものである。

唯識思想は難解をもって知られるが、ここで略述しておこう。「唯識」とは文字通り「唯《た》だ識のみ」ということ。「識」とは「心」を意味する言葉の一つで、簡単に言えば、すべては心である、存在するのは唯一、心のみだ、というのがその根本的な主張である。「識」＝「心」については、眼の心（眼識）、耳の心（耳識）など幾つかの面から考えることができるが、もっとも根源的な「心」は阿頼耶識と呼ばれ、そこには、すべてを生み出すプログラムであり、かつすべてを記録するメモリーでもある「種子《しゅうじ》」というものが内蔵されている。唯識の教えによれば、外界に実在すると思われる現実、事象は、すべてこの阿頼耶識という心から生み出された幻の像に過ぎない。ところがその像に執着することにより、幻は実体化し、人生は苦しみの連続となる。逆に、すべては幻だと知れば、悟りが開かれ心も消滅することになる。より正確に言えば、「心」は「智慧」に変化する。このような阿頼耶識の変転するさまが、「恒転如暴流」という句によって言い表されているのである。

それにしても、難解で一般にはあまり馴染みのないこの唯識の思想に、三島はどのように出会ったのだろうか。『豊饒の海』全四巻のうち、『春の雪』『奔馬』が先行して単行本化されたのに合わせて発表された「『豊饒の海』について」によれば、三島は従来の西洋文学にはない、新たな長篇小説のあり方を模索する過程で輪廻転生という形式を生かすことを思いついたというが、続けて以下のように言っている。

〔……〕幸いにして輪廻の思想は身近にあった。が、私の知っていた輪廻思想はきわめて未熟なものであったから、数々の仏書（というより仏教の入門書）を読んで勉強せねばならなかった。その結果、私の求めているものは唯識論にあり、なかんずく無着の摂大乗論にあるという目安がついた。*23

これによれば、三島を唯識へと導いたのは「仏教の入門書」だという。私は以前、それがどのような著作か調べたことがあるが、*24 たとえばその一つである深浦正文の『輪廻転生の主体』を開くと、次のような文が読まれる。

ただし、阿頼耶識は、一見我に酷似しているようであるが、決して我ではない。第一それは生滅するものであって、常住でなく、ただ生滅しつつ、しかもそれが相続して少しも間断がないというまでである。世親が「暴流の如し」というているのは実にそこを指しているのであって、すなわち、水が激しく流れて、決して途切れないが《ママ》ようなものである。途切れないから、それは如何にも一水たるかの如くに思われるが、その実決してそうでないので、前水後水相異っていて、同一とはいえないのである。かの鴨長明の『方丈記』の巻頭に、「行く川の流れは絶えずして、しかももとの水にあらず。……」とあるのは、全くこの意味と受取ることが出来よう。かく生滅しつつも、相続して途切れることがない。そこで、これをば輪廻転生の主体に擬えるなら、その説明がはなはだ巧みに果されると思う。*25

こうした箇所に三島は強い興味を示したものと思われる。なぜなら、ここには輪廻転生を説明する原理としての唯識思想の特徴が、平易な言葉で綴られているからである。

同時更互《こうご》因果とは何か

三島の考えによれば、このことは三島が依拠したもう一つの「仏教の入門書」である上田義文の『仏教における業の思想』において、特にそこで紹介される「阿頼耶識と染汚法《ぜんまほう》との同時更互因果」*26という思想において、より踏み込んだ形で説かれるのだった。三島は死のおよそ二カ月半前に行われた武田泰淳との対談「文学は空虚か」においても、「『阿頼耶識と染汚法の同時更互因果』という概念、あの概念がおそらく、唯識の絶頂なんでしょうね*27」と語っている。

では、「阿頼耶識と染汚法の同時更互因果」とは何か？

これについても、わかりやすく略述しておこう。

これは、阿頼耶識という心に収められた「種子」が、染汚法と呼ばれるこの世のすべての存在を生み出すプロセスと、その染汚法が阿頼耶識のなかに「種子」を植えつけるプロセスとの二過程が同一刹那に行われ、その都度、阿頼耶識と染汚法の両者がともに滅することを言ったものである。すなわち、「種子」を因、「染汚法」を果と考えると、この因果は同時に存在し、生じた染汚法は、生じると同時に因となって、新たな「種子」を果として植えつけ、そして因果ともに滅してしまう。ところが、ここが逆説的で面白いところなのだが、利那利那に因果ともに滅することによって、時間という連続的なものが成り立つのだという。

後述するように、『春の雪』の末尾で月修寺門跡は、この「阿頼耶識と染汚法の同時更互因果」について本多に説く。だが、その時点では彼は何一つ了解することができなかったという。しかし、『暁の寺』でタイ、インドから帰国後、輪廻転生や唯識仏教について独習した本多は、以下のように唱えるに至る。

> 輪廻転生は人の生涯の永きにわたって準備されて、死によって動きだすものではなくて、世界を一瞬一瞬新たにし、かつ一瞬一瞬廃棄してゆくのであった。〔……〕唯識の本当の意味は、われわれ現在の一利那において、この世界なるものがすべてそこに現われている、ということに他ならない。しかも、一利那の世界は、次の利那には一旦滅して、又新たな世界

が立ち現われる。現在ここに現われた世界が、次の瞬間には変化しつつ、そのままつづいてゆく。かくてこの世界すべては阿頼耶識なのであった。……。*28

本多は「阿頼耶識と染汚法の同時更互因果」をこのように理解するのだが、これは、瞬間ごとに世界が死に絶えることと、瞬間ごとに世界が新たに生み出されることとが同時に成り立つという時空論であり、存在の負の面、陰の面と、正の面、陽の面とを包括する論理と言ってもよいであろう。そうだとすれば、それはまさに『豊饒の海』における輪廻転生の世界観――あらゆる境界が溶解し、人を至福の喜びへと導く正の面、陽の面と、心を凍らせ、人を圧し潰すようなおぞましさの負の面、陰の面との二面があり、さらにその二面が高次の段階で統合するという『豊饒の海』における輪廻転生の世界観――を説明し、保証する原理となっているのである。

論理的一貫性の根拠

ここで注意したいのは、三島は『豊饒の海』起筆以前から、唯識の核心としての「阿頼耶識と染汚法の同時更互因果」について、右に見たような認識を明確に抱いていたわけではないということである。

むしろ、実際の経緯は次のようなものであったろう。――作品の構想を練る。筋立てを考える。そして『豊饒の海』を実際に書き進めてゆくにつれて、『暁の寺』第一部、第二部の間の断絶が、いやそれ以前に『春の雪』『奔馬』と『暁の寺』の間の断絶が、避けようもなく浮かび上がってくる。そしてそれが「昭和」という時代の偽らざる姿を映し出すものであり、日本の近代化の矛盾と歪みの反映でもあるということが、否定しようにも否定できぬ真実として突きつけられてくる。

そのとき、「昭和」という時代を「昭和」とともに生きてきた三島は、みずからのアイデンティティーのためにも、「昭和」という時代のためにも、そして『豊饒の海』という作品のためにも、分断や矛盾を前提としながらも、なおかつすべてを包み込む大きな世界観の構築を迫られた。一九二五年（大正一四）生まれの三島の満年齢が、昭和の年数と同じであるのは、象徴的である。三島は単行本『英霊の声』（一九六六年）の後書きとして書かれた「二・二六事件と私」のなかで、次のように言っている。

昭和の歴史は敗戦によって完全に前期後期に分けられたが、そこを連続して生きてきた私には、自分の連続性の根拠と、論理的一貫性の根拠を、どうしても探り出さなければならない欲求が生れてきていた。これは文士たると否とを問わず、生の自然な欲求と思われる。[*29]

まさしくこれと同じ志向が、『豊饒の海』執筆に際しても強く働いたのではないだろうか。ちょうどそのとき、輪廻転生という世界観や、それを説明し保証する唯識思想が、「昭和」、そして近代という時代における分断や矛盾をまるごと受け止め、その上でその諸相の全体を包み込む原理として、三島の前に立ち現われてきたとは言えないだろうか。

これを作品世界の根底に置こう。そうすれば、たとえ『暁の寺』の作品世界が脈絡を欠き、構造的美観を失い、破綻の危険に晒されることになったとしても、そのまま中絶してしまうような事態は回避されるだろう。『豊饒の海』は最終巻まで書き上げられ、作品全体として、矛盾や亀裂を止揚する統合的ヴィジョンを提示し、作者に対して、時代や社会に対して、そして読者に対しても、その存在を支える役割を果たすことができるようになるだろう。

三島はその可能性に賭けたのである。

空襲下の死生観

輪廻転生の世界観や唯識思想がそのような役割を担いうるという認識を深めつつ、三島が『暁の寺』の執筆を進めていった過程を、もう少し具体的にみておこう。

先に引用した、「輪廻転生は人の生涯の永きにわたって準備されて〔……〕」以下は、『暁の寺』第一部一九節の一節だが、雑誌初出は「新潮」(一九六九年五月)であった。そして、やはり同号に収められた二〇節では、書物から学んだ輪廻や唯識をめぐる知識を、本多はまさに実体験し、再確認する。どういうことかと言えば、ちょうどこのとき本多は、先に触れた「国有土地森林原野下戻法」に関する行政訴訟の依頼人に会うために、かつて松枝邸があった渋谷を訪れるのだが、直前の昭和二〇年五月に起こった大空襲の焼跡を目の当たりにして、「同時更互因果」の意味をあらためて体得するのである。

　窓からは六月の光りの下に、渋谷駅のあたりまでひろびろと見える。身近の邸町は焼け残っているが、その高台の裾から駅までの間は、ところどころに焼ビルを残した新鮮な焼趾《やけあと》で、ここらを焼いた空襲はわずか一週間前のことである。すなわち昭和二十年五月二十四日と二十五日の二晩連続して、延《の》べ五百機のB29が山の手の各所を焼いた。まだその匂いがくすぶり、真昼の光りに阿鼻叫喚の名残が漂っているような気がする。〔……〕全体は静かであるが、かすかに動き、ふっくらと浮游《ふゆう》しているものがある。それに目をとられると、黒い屍《しかばね》が無数の蛆《うじ》に蝕《むしば》まれて動き出したかと錯覚されるのに似ている。それは風につれて、灰がいたるところから剝がれて漂っているのである。白い灰もあれば黒い灰もある。漂った灰がまた、崩れた壁に附着して休ろうている。*30

　この空襲は、下町地域を無差別爆撃した三月の東京大空襲、四月の東京西部地域への空襲に続く大空襲で、実際に皇居の一部も炎上した（史実においては、空襲は五月二四日未明と二五日夜半であった）。本多はさらにこう考える。

　　――これこそは今正に、本多の五感に与えられた世界だった。戦争中、十分な貯えにたよって、気に入った仕事しか引受けず、もっぱら余暇を充ててきた輪廻転生の研究が、このとき本多の心には、正にこうした焼跡を顕現させるために企てられたもののように思いなされた。破壊者は彼自身だったのだ。

見わたすかぎり、焼け爛《ただ》れたこの末期的な世界は、しかし、それ自体が終りなのではなく、又、はじまりなのでもなかった。それは一瞬一瞬、平然と更新されている世界だった。阿頼耶識は何ものにも動ぜず、この赤茶けた廃墟を世界として引受け、次の一瞬には又忽《たちま》ち捨て去って、同じような、しかし日ごと月ごとにますます破滅の色の深まる世界を受け入れるにちがいない。

右は空襲下の死生観、世界観と言うべきものだが、本多はこういう形で「阿頼耶識と染汚法の同時更互因果」の意味するところを実体験したのだった。それは、アジャンタの滝を訪れた本多が、激しい滝音と無音の静寂に聞き惚れた末に「又、会うぜ。きっと会う。滝の下で」という清顕の言葉を耳にしたこととは異質のものに見えるかもしれない。だが、いずれの場合においても、破滅と生成、および両者の融合の相が認められ、その意味で空襲下の世界観とアジャンタの滝で得られた世界観とは、同じ本質を二つの面から捉えたものだと見なすことができる。

「夜告げ鳥」と「二千六百五年に於ける詩論」

実を言うと三島はこのような世界観を、『豊饒の海』の作品世界のなかでのみ問題にしたのではなかった。三島は、この世界観そのものではないにせよ、その原型とも言うべき発想を早くから抱いていたし、唯識の世界観が現代においてどこまで有効な射程を持ちうるか、『豊饒の海』を執筆しつつある時点においても現に試していた。

いったいどういうことか。

太平洋戦争末期の一九四五年（昭和二〇）五月五日、二〇歳の三島は勤労動員のため神奈川県の海軍高座工廠《こうしょう》に赴いたが、空襲の報を受けて急遽帰宅した。[*31] その経験を踏まえ、三島は直ちにエッセイ「二千六百五年に於ける詩論」（生前未発表）を著わし、また詩を詠っているが、そこでは既に輪廻転生がテーマになっているのである。

その詩論には、「運命観の最高のものたる輪廻は、永遠と現存とを結ぶ環でもあるが、無数の小輪廻は個々人の裡にめぐりつゝ、相接する歯車の如く宇宙の大輪廻へと繋《つな》がります[*32]」とある。また、「夜告げ鳥」（「東雲」、一九四五年七月）と題する詩では「憧憬と訣別したまへ、美々しき族《うから》を従へた王者よ、妃よ／〔……〕／憧憬と訣別したまへ、愚昧《ぐまい》の民よ、病者よ貧人よ」と詠った後に、こう続けている。

蝶の死を死ぬことに飽け、やさしきものよ

輪廻の、身にあまる誉れのなかに
現象のやうに死ね　蝶よ[*33]

この詩、詩論においては、空襲により、あるいは「空襲」によって象徴される不可抗な力により、いまここで命を奪われるかもしれないという事態が、既に避けられぬ前提となっている。そこでは一刻一刻、死の予兆が体感されている。だが、その死を安易に「憧憬」の対象としたりロマンチックに美化したり（「蝶の死を死ぬ」）すべきではない。逆に、死を単なる「現象」として淡々と受け入れるならば、確かに個は滅びるかもしれないが、何ものかが宇宙的な連環のなかで生き続けるであろう。「二千六百五年に於ける詩論」や「夜告げ鳥」には、このような世界観、死生観が認められる。二〇歳の三島は、当時このような考えを拠り所として、戦争末期の極限状態を生き抜こうとしたに違いない。

これは三島にとって、やがて学ぶことになる「同時更互因果」という考え方の原型のような役割を果たすものだ。『暁の寺』における空襲の焼跡の記述に異様な力が籠っているのは、こうした裏づけがあるからである。

東大全共闘との「闘論」

さらに注意すべきは、『暁の寺』第一部一九節や二〇節の執筆時期である。この部分は「新潮」

の一九六九年五月号に発表されたもので、執筆は同年の三月頃である。この時期三島は、楯の会会員を率いて陸上自衛隊富士学校滝ヶ原分屯地で体験入隊を行っているが、同年五月に開催される東大駒場での全共闘との討論会の企画を、既に持ちかけられていた。

この討論会は、その内容が直ちに書籍化（『討論　三島由紀夫vs.東大全共闘』）されるなど、開催当時から大いに話題となった。特に演劇家として既に活躍していた芥正彦との「闘論」は「伝説」と言われるようになったほど激しかったが、そこで次のような応酬がある。

三島：〔……〕解放区というものは、一定の物にぶつかった瞬間に、その空間に発生するものであると考えていいですか？
芥：　いいです。
三島：いいですね。その空間、あるいは歪められた空間か、つくられた空間か知らんが、その空間が一定時間持続する。
芥：　空間には時間もなければ関係もないわけですから、歪められるとかも……。だから、本来の形が出てきたということで、それをさっき彼は、自然に戻ったと、おそらく幼稚な言葉で言ったんじゃないかと思う。（赤ん坊を抱きながら応答）
三島：なるほど。そうするとだね、それが持続するしないということはね、それの本質的な問題ではないわけ？

芥：　時間がないんだから、持続っていう概念自体おかしいんじゃないですか。
三島：そうするとだね、それが三分間しか持続しなくても、あるいは一週間、あるいは十日間持続しても、その間に本質的な差は、全然次元としての差すらないですか？
芥：　だって、それは比較すること自体がおかしいわけですよ。
三島：それの？　つまり次元が違うから？
芥：　例えばあなたの作品と、この現実のずっと何万年というのを比べろといったって、これはナンセンスでしょう、おそらく。
三島：ところがだね、俺の作品は、（現在と――著者注）何万年という時間の持続との間にある、一つの持続なんだ。[*34]

全討論中、この部分がもっとも興味深かったということを、三島は『討論　三島由紀夫VS.東大全共闘』の後書き（「砂漠の住民への論理的弔辞――討論を終えて」）において述べているが、そこにさらに次のように付け加えている。

〔……〕私は過去を一つの連続性として、歴史として、伝統としてとらえ、そして現在を過去の最終的な成果としてとらえ、現在の一瞬への全力的な投入がそのまま過去の歴史と伝統との最終的な成果を保証するものだと考える者である。〔……〕私の仕事も行動もすべて、

「葉隠」ではないが、朝起きたときに今日を死ぬ日と心にきめるというところに成立している。したがって現在は死のための最終的な成果であるがゆえに未来は存在しない。未来は存在しないから、未来への過程としての自己も存在しない。*35

三島は討論において、「俺の作品は〔……〕一つの持続なんだ」と言っているが、右の引用を踏まえるならば、それは死を賭けた、その都度その都度の「現在」の営為の結果の軌跡（痕跡）として現象する「持続」を意味するのであって、無前提に自分の作品が未来永劫持続すると言っているわけではない。そうだとすればこれは、「瞬間ごとに世界が死に絶えることと、瞬間ごとに世界が生み出されることとが同時に成り立つという時空論」である「同時更互因果」という考えの一つの現われ方だと言える。

ということは、『暁の寺』の執筆を通じて探究してきた唯識思想の考え方が、実際に一九六〇年代の日本の現実においてどこまで通用するかということを、三島は芥との討論を通じて確かめようとしていたと言ってもよいであろう。

これに対して、一昨年前の二〇一五年一一月に、かつて三島と東大全共闘の討論会が行われたのと同じ駒場九〇〇番教室で開催された「国際三島由紀夫シンポジウム二〇一五」に芥正彦氏を招いた私は、壇上での公開質問の場で、この「闘論」についての現時点での考えを氏に問うた。その返答の一部を紹介しよう。

三島さんの言う持続や時間はみな、権力の持続というものが前もって準備されている時間で、戦争の持続なのです。ですから、せっかく我々がつくった美しい聖なる空間を、権力の持続という形で権力と対抗させたら、これは負けるに決まってるんだから、そんなもの最初から念頭に置かない。我々は物質の輝きとともに空間の聖性を己が生命を通してつくる。三島さんは捏造を正当化する時間の持続で文学をつくる。[*36]

一九六九年の討論会において三島が「同時更互因果」という考えの一つの現われ方を提示していたのだとすれば、「三島さんの言う持続や時間はみな、権力の持続というものが前もって準備されている時間」という理解は、三島の真意を汲み取ったものとは言いがたいだろう。しかし、そこのところを三島は充分に説明しているわけではないので、芥のような受け止め方が出てくるのは当然だし、また仮に三島が充分に説明したとしても、それが結果的に芥の言う通りのものとして受け取られ、現にそう機能してしまうというのも、ありうることである。

その意味で芥の指摘は至当なものだし、三島の考える唯識思想は芥には通用しなかったということになるかもしれない。

だがそれは、三島の試みが無駄だった、ということを意味しない。三島―芥の「闘論」は、むしろ戦後日本に穿たれた亀裂を浮き彫りにし、この困難な場においてアイデンティティーを保持し新たなヴィジョンを提示することの意味を、二〇一〇年代を生きる者の視点からあらためて問い究めることを、私たちに促すのである。

3 小説とは何か

ジン・ジャンの失踪と国際反戦デーとの関係

以上の考察から、三島は『暁の寺』の執筆に際して、同時代を生きつつ書き、書きつつ生きようとしていたことがわかる。また、これを読む読者としての私たちもまた、現代を生きつつ読み、読みつつ生きるより他ないのだが、私たち自身の問題については次節「世界文学としての『暁の寺』」で取り上げよう。

いまは三島その人のことについて議論を続けたいが、というのも、もし三島の期待に反して「何も起こらない」というブラックホールの状態が動かしがたいものとして確定し、時代がニヒリズムの底に沈んでしまったらどうなるのだろうか、という不安が胸をよぎるからである。そのとき、輪廻転生の正負の両面を止揚、統合することは不可能となり、『暁の寺』の作品世界は分断されたまま中絶してしまうのではないか。もしそのようなことになれば、作者の三島自身、「論理的一貫性」の根拠を失い、存在崩壊の危機に晒されるのではなかろうか。

そこのところを最終的に見極める必要に三島は迫られる。一九六八年には新宿騒乱を引き起こし騒擾《そうじょう》罪（現在の騒乱罪）が適用されて七〇〇名を越える検挙者を出した一〇・二一の国際反戦デーが一九六九年にもやってくるが、それは、その見極めのまたとない機会となるだろう。そうであるなら、その時点での『暁の寺』の執筆過程を検証すれば、この事態に三島がどう対応したか、内実を窺うことができるに違いない。

そこで、一九六九年の一〇・二一前後に執筆されたと考えられる原稿の発表号を確かめると、それはジン・ジャンに恋慕した本多が策を弄して彼女を御殿場の別荘まで誘い出したものの、彼女が失踪してしまうまでを描く第二部三六章（「新潮」一九六九年一二月）にあたる。翌号掲載の三七章は、今西と椿原夫人が自堕落で稔りのない性交を行うために渋谷の旅館を訪れる際に、一九五二年（昭和二七）六月の破防法反対の騒乱に巻き込まれる場面である。椿原夫人は、歌人の鬼頭槙子の眼前で、その眼に晒されながら男女の関係を結ぶ倣いになっていたが、この日二人は槙子の目を盗んで密会したのだ。なお、先述のように一九五二年はサンフランシスコ講和条約発効の年であったが、五月には血のメーデー事件が起こり、その後も火炎ビンによる騒乱が続発していた。

この二つの章が何を意味しているかは、明らかであろう。

破防法反対の騒乱当日に交わされた今西と椿原夫人の自堕落な情交は、一九六九年一〇月二一日の国際反戦デーの騒乱が、逮捕者こそ全国で一五〇〇名を越えたが、自衛隊の治安出動を必要とすることなく機動隊によって容易に鎮圧されてしまうほど不甲斐ないものであったことを比喩的に表現している。そうだとすれば、ジン・ジャンの失踪は、「何も起らぬといふこと」が「可能性」ではなくて、もはや「確定」してしまい、その結果、社会変革の可能性がことごとく凍結してしまったことを象徴しているのではあるまいか。

このような観点から見ると、三九節（「新潮」一九七〇年二月）に記される本多の夢は、極めて深刻な意味を帯びてくる。

それはジン・ジャンが金色の孔雀に乗って空から香り高い小水を垂れるという夢で、本多は紛れもない幸福感に浸る。ここでは、かつて本多がバンパインへジン・ジャンとともに遊行に赴いた際の幸福感と、インドのアジャンタの滝を見上げた際の荘厳さが融合しているが、ただし、すべては戯画化されてしまった。しかも、この夢には続きがあって、行儀の悪さをたしなめトイレまで案内しようとした本多がホテルに入ってトイレを探してみると、人は誰もいず、すべての部屋のベッドの上に柩が載せてある。その柩の一つに小水をしようとした本多は、神聖を犯すことに恐怖を覚え、そこで目覚めるのである。

背筋の凍る夢である。様々な解釈をこれに与えることができるが、[*37]はっきりしているのは、『暁の寺』第一部で描かれたバンパイン遊行における幸福やアジャンタにおける崇高さが、根こそぎ穢され否定されてゆく過程が、ここで示されていることだ。

そのとき、唯識の「同時更互因果」の考え方も、同様に穢され否定されるであろう。そうなると、分断や矛盾をまるごと受け止めてくれる原理を奪われた「昭和」という時代も、これを表現する

『豊饒の海』の作品世界も、さらには三島自身の存在も粉々に解体してしまうのではないか。

三島は一九六八年五月以降、『豊饒の海』と並行して評論「小説とは何か」を「波」に連載している。そこで、『暁の寺』の脱稿時の心境について次のような言葉を残している。

実に実に実に不快だったのである

つい数日前、私はここ五年ほど継続中の長篇「豊饒の海」の第三巻「暁の寺」を脱稿した。これで全巻を終ったわけではなく、さらに難物の最終巻を控えているが、一区切がついて、いわば行軍の小休止と謂ったところだ。路ばたの草むらに足を投げ出して、煙草を一服、水筒の水で口を湿らしているところを想像してもらえばよい。人から見れば、いかにも快い休息と見えるであろう。しかし、私は実に実に実に不快だったのである。〔……〕私はこの第三巻の終結部が嵐のように襲って来たとき、ほとんど信じることができなかった。それが完結することがないかもしれない、という現実のほうへ、私は賭けていたからである。この完結は、狐につままれたような出来事だった。[*38]

この謎のような文章は何を物語るのか。ここまで述べてきた文脈に従うなら、その意味するところは次のようなことではなかったか。

三島は『暁の寺』を書き進めつつ、次の一行を書きあぐねて、そのまま中絶してしまう可能性に、たえず脅かされ続けていたに違いない。では、引用文中で「それが完結することがないかもしれない、という現実のほうへ、私は賭けていた」というのは、どういうことか。それは作品世界が行き詰まって中絶してしまうことを待ち望んでいたという意味ではまったくない。反対に、永遠に書き続けていたい、ということでもあるまい。

そのいずれでもなく、一〇・二一のような騒乱が激化し、混乱のなかで三島自身が命を落とし、その結果『暁の寺』が中絶してしまうことを望んでいた、という意味だったと考えられる。三島が楯の会を組織し自衛隊体験入隊を実践した背景には、右のような心理の力動が働いており、東大全共闘と激しく討論した動機のなかにも、相手を挑発して、命を脅かす事態を引き起こしたいという思いが潜んでいたはずだ。これは一面においては、社会が「何も起らない」という状態を脱し活性化する事態の到来という意味で、待望の局面であった。

ただし別の面から言えば、それはむしろ、三島の内面にもともとあった「死にたい」という希死念慮が頭をもたげてきたことを意味するようにも見える。作家にとって、魔がさした一瞬である。というのも、死んでしまえば、もう書く必要も、書けなくなるのではないかと悩む必要もないからだ。このとき三島は、『豊饒の海』を書き継ぐことによってみずからのアイデンティティーを守ろうとすることも、もはや放棄していたと言わなければならない。

ところが一九六九年の一〇・二一を経て、社会にそのような局面が訪れることは、もうまったく期待できないことが明らかになった。このままではすべてが破綻してしまう。作品は中絶し、時代も社会もバラバラになって崩壊してしまうであろう。

……しかし、それにもかかわらず僥倖が訪れた。「第三巻の終結部が嵐のように襲って来」て、『暁の寺』を完成に導いたのだ。本書冒頭で触れた、『暁の寺』脱稿直後に収録されたインタビューで三島は、「三巻だけで一年八ヵ月かかりましたけど、その間、やっぱり非常に肩に重くて、とてもつらかったですね」[*39]と『暁の寺』執筆の困難さを吐露している。だが、その音声は思いの他明るく快活そうにも聞こえる。ジン・ジャンへの恋の可能性を断たれたまま終わる『暁の寺』の結末は絶望に塗り込められ何の救いもないが、それでも中断の危機に打ち勝って、ともかく作品完結に至った喜びが滲み出ているのである。それは、時代の鏡としても作品を書きあげた喜びであった。

だが、同じ僥倖をもう一度期待することはできるだろうか。『暁の寺』は書き終えたが、このままでは第四巻に入る前に、中絶を余儀なくされるのではないか。「私は実に実に実に不快だった」という言葉の真意は、そこにあったように思われる。

しかし、三島はこの「不快」を、逆転のためのバネに転換した。『暁の寺』脱稿後の二ヵ月の休載期間中に、三島は第四巻の構想を練り直し、一九七〇年七月の「新潮」において連載を再開するまでに、全篇の結末までの新たな筋立てを固めたのである。

しかし、そのとき三島は同時に、同年一一月二五日の市ヶ谷・自衛隊駐屯地での自死に向けての具体的計画をも立案し始めたのだった。つまり、わが身を外在する状況に託すのではなく、自分で自分の幕を下ろすことを決意したのである。

ここにも、やはり強い希死念慮が働いているように見えるかもしれない。だが先ほどとは違う。三島は決して死を第一に求めたわけではないからだ。三島が何よりも恐れたのは、「昭和」という、また近代という矛盾に満ちた時代を生きようとすることが、その生者の自己同一性を損ね、生を破綻に追い込むことであった。そしてそれは三島にとって、時代の矛盾を引き受けながら執筆してきた『豊饒の海』という作品が破綻し、もはや一行も書けなくなることと同義だったのである。だから、三島は死を希求したというよりも、自己自身と、そして作品の破綻を恐れたのだった。

この意味で、「小説とは何か」という問いに対して、ただ一言、小説とは作者の命と引き換えに完成する芸術作品である、と答えることができる。分断され矛盾に満ちた日本の近代の縮図である「昭和」という時代を小説において描き切ろうとするならば、その代償として作者は自身の命を賭けなければならなかったのである。

4　世界文学としての『暁の寺』

バンパインとウシュマル

『暁の寺』は第一部と第二部に分断され、全体としての脈絡を欠くように見えるが、実のところそれは「昭和」という時代の、そして日本の近代の無残なありようを、正確に写し取った鏡なのであった。そのままでは中絶せざるを得ないようなこの作品を、それにもかかわらず成立させるための条件として、作者の三島は唯識思想、特に「同時更互因果」の考え方を作品世界の根底に据えた。そして僥倖にも恵まれ、『暁の寺』は中断の危機を乗り越えたが、第四巻に関しては、これを書き上げるために、みずからの命を差し出さなければならなかった――これまでの考察を整理すれば、以上のようである。

これを踏まえて本節では、『暁の寺』を読解する視野をもう一段広げてみることにしたい。ここまでの議論においては、たとえタイやインドが舞台になっていたとしても、そこで問われているのは第一に「昭和」という時代、そして本質においては明治維新期まで遡った日本のことであるという立場から『暁の寺』を読んできた。

しかし実のところ、話は日本だけのことではなく、タイやインドに限られたことでもないのではあるまいか。『暁の寺』で扱われているのは、近代化の進展というものが世界各地にもたらすテーマであり、二一世紀の差し迫った課題でもあるのではなかろうか。それがいち早く、かつ、もっとも顕著な形で現われた時空間が戦後の日本だったのである。

それには、相応の理由があると私は思う。というのも、核というものは近代進歩主義、近代科学主義の粋を集めた結晶と言えるが（私たちは認めたくないかもしれないが、少なくともそのように見なされた時期があった）、その核による惨禍（原子爆弾と原発事故）を、これほどまともに経験した共同体は、世界中を見ても他にないからだ。本書第2章、第3章でも触れるが、三島はこのことを他に先駆けて察知していた。この意味で、『暁の寺』は国境を越えて訴えかける文学、いま、注目を集める言い方を用いれば世界文学として位置づけられるべき作品ではないか。

私たちは『暁の寺』を右のように読むことができるのであって、ここでその一端を確かめておきたい。ただし、いくつかのテーマは、本書の今後の展開のための問題提起に留まることを、お断りしておく。

最初にもう一度、バンパインへの遊行の際にジン・ジャンが遠景のジャングルを見つめる場面を思い起こして欲しい。その上で、旅行記『旅の絵本』の次の一節と読み比べてみて欲しい。

「支配者の宮殿」の背後にまわったとき、私はアーチの内部の石穴に住む大きな黒蜥蜴が、するすると身を隠すのを見た。宮殿を背にして、私はまた見渡すかぎりのジャングルに目を放った。ところどころに唐突に突き出ている小山は、おそらく未発掘のピラミッドで、それを除いて、眺めはどこまでも平坦なジャングルである。雲が影を落している部分は翳《かげ》り、その他の部分は鬱陶しい光りをたたえている。さわやかな空の高処には、かがやかしい壮大な雲が乱れている。

そのとき私は密林の地平線上に、いかにも熱帯らしい異様な現象を見た。西の方、傾きかけた太陽の横に、墨を刷《は》いたような雨雲が垂れていた。その雲は地平線からそう高くない部分に低迷しており、ひろがって来る気配はなかった。しかしこの雨雲から、今地平線の彼方に降りそそいでいる雨がはっきり見え、それは垂直にこまかい白い糸のすだれのように垂れ、それが密度を増して白い一枚のカーテンのように見えたりする。又そこには熱帯のスコールに伴なう烈風が吹いているらしく、数条の糸は風にゆらいで、斜めに降っているのが見える。それが微細にありありと見えれば見えるほど、私の身のまわりのかがやかしい青空と引比べて、いかにも非現実的に感じられ、今私は、晴天の午後の或る時と、はげしい大粒の雨の下にいる或る時と、二様の時間を同時に閲《けみ》しているように感じられる。*40

これはタイでの話ではない。一九五七年（昭和三二）、メキシコ、マヤ文明のウシュマル遺跡を訪れた三島が、支配者の宮殿（総督の宮殿）のある高台から彼方のジャングルを見渡した場面である。三島はこの体験について、旅中もっとも幸福な瞬間の一つだったと言っているが、晴天のウシュマル遺跡から、激しい雨に打たれた遠方のジャングルをはるかに見渡す構図は、『暁の寺』でのジン・ジャンの体験の原型になっていることがわかる。実際に三島がバンパインを訪れた際の創作ノート①（「バンコック取材　バンパイン離宮」）を確認すると、当該部分には簡単なスケッチがあるのみで、現に『暁の寺』作中に記されているほどの詳細な取材は記載されていない。このことから推測すると、三島はこの部分をむしろ、かつての自分のウシュマル体験を思い起こしながら執筆したのではないかとも思われるのである。

三島がウシュマルを訪れたのは、『暁の寺』執筆より一〇年以上も前のことであった。実はこの年の七月から、三島は米国に滞在していた。『近代能楽集』がドナルド・キーンの手によって英訳、刊行されることになったのを機に、そのプロモーションのために版元のクノップ社から招かれたのである。幸い英語版『近代能楽集』は好評で、ニューヨークの三島には、たちまち公演希望の話が舞い込む。その準備が整うまで、三島はカリブ海から中部アメリカを回る気ままな旅に出かけ、革命前のキューバを経てメキシコ入りしたのは、一九五七年九月のことだった。

三島は当時まだ三〇代前半の青年に過ぎない。だが、既に小説『潮騒』、『金閣寺』や戯曲『鹿鳴館』などで大きな成功を収め、日本を代表する才能あふれる文学者として認められていた。米国滞在は活躍の舞台をさらに世界に広げることであり、中米旅行はそのつかの間の休暇だったとも言えよう。

ひょっとすると、三島は生涯のなかでもっとも幸福な時期にあったと言えるかもしれない。『暁の寺』におけるバンパイン遊行の場面の背景には、このようなウシュマルでの充実感やエネルギーが脈打っているのである。

『鏡子の家』における青木ヶ原樹海

だが、幸運は長続きしない。実は、このウシュマルでの体験を境に、三島の人生は暗転し始めるのである。

どういうことか。

第一の悲劇は、資金のめどがつかず『近代能楽集』のニューヨーク公演が実現しなかったことで、プロデューサとも不仲になった三島は、深く落胆して大晦日の夜にマドリードへ飛び立ち、ローマを経由して日本に帰国してしまう。それでも三島は気を取り直し、『金閣寺』を越える書き下ろし長篇小説に挑む。一九五九年に完成する『鏡子の家』である。ところがこれが不評で、三島ははじめて失敗作を書いたとまで言われた。華やかな作家活動を続けてきた三島は大きな挫折を体験する。これが第二の、そしてより深刻な出来事だった。

『鏡子の家』とは、どのような小説なのだろうか。三島自身は、「現代の壁画を描こうと思った[*41]」と言い、「私の『ニヒリズム研究[*42]』」とも言っているが、それは戦後の現実は決して人間を幸福にせず、むしろ存在論的な危機に陥れると訴えるものであった。

その主題を象徴的に表現する印象的な場面を紹介しよう。鏡子という女性の家に集う青年たちの一人に夏雄という画家がいる。彼は才能豊かな若者なのだが、次第に社会のなかで孤立感を深め、やがて富士山の麓に広がる青木ヶ原樹海を眺望した際に、「風景が消える」という事態に襲われる。作中では一九五五年の夏の出来事とされている。


夏雄は戦慄した。

端の方から木炭のデッサンをパン屑で消してゆくように、広大な樹海がまわりからぼんやりと消えかかる。おのおの樹の輪郭も失われ、平坦な緑ばかりになる。その緑も覚束《おぼつか》なくなって、周辺はみるみる色を失ってゆく。……夏雄はこんなことはありえないと思って眺めているのに、樹海は見る見る拭《ぬぐ》い去られてゆき、ありえないことが的確に進行してゆくのである。〔……〕潮の引くように、今まではっきりした物象と見えていたものが、見えない領域へ退いてゆく。樹海は最後のおぼろげな緑の一団が消え去るのと一緒に、完全に消え去った。そのあとには、あらわれる筈の大地もなく、……何もなかった。[*43]

これは単なる目の錯覚ではない。右の引用を読む者は、これがウシュマル遺跡の高台からジャングルを見渡した三島の体験と、陰―陽の関係になっていることに気づくであろう。ウシュマルでの体験がバンパイン遊行でのジン・ジャンの体験と同様に存在論的な高み（もしくは深み）において、あらゆる境界が溶解する時空のあり方だとすれば、青木ヶ原でのそれは夏雄という人間の存在の基盤が揺るがされる世界崩壊体験であり、意味という意味を吸い込むブラックホールが穿たれる事態に他ならない（次章でも触れるが、『鏡子の家』のこの部分を書くにあたって、三島はホフマンスタールを参照している）。[*44]メキシコでの三島は幸福だった。しかし、その内面は既に夏雄のように孤独に蝕まれ、虚無に襲われていたのかもしれない。あるいは、早くからそのような危機を感じていたからこそ、逆にウシュマルでの一日が恩寵となって至上の恵みを三島にもたらしたと言うべきかもしれない。

もっとも、『鏡子の家』は絶望に塗りこめられて終わるわけではない。夏雄以外の若者たちも、いずれも死と破滅に見舞われるが、かろうじて危機を乗り越えた夏雄は、画家としての再生をかけて留学を決意する。どこに行くのか？　そう、メキシコである。小説はメキシコに旅立つ前に終わるので、作中には描かれないが、作者三島の脳裏には、『鏡子の家』を書き終えた原稿用紙の延長上に、ウシュマルの幸福な一日が浮かんでいたに違いない。

だが、いまも述べたように、「ニヒリズム研究」を謳った『鏡子の家』は不評であった。考えてみれば、『仮面の告白』や『金閣寺』といったそれまでの作品においても、他者との疎隔感に苦しむ同性愛者や吃音の放火犯を通じて、三島は存在の喪失や虚無というテーマを描いてきた。それは三島文学の一貫した主題と言ってよい。それなのに、『仮面の告白』や『金閣寺』が広く世に受け入れられ、『鏡子の家』がそうではないのは、いったいなぜであろうか。

しばしば指摘されるのは、『鏡子の家』の小説作品としての出来栄えの悪さだが、後に述べるように、そういう解釈は一種の「逃げ」である。むしろ最大の理由は、社会状況の変化だと言うべきであろう。戦争の傷跡が生々しく残っていた昭和二〇年（一九四五）代においては、多くの日本人が存在喪失や虚無を抱えていた。たとえ自身が『仮面の告白』におけるような加虐的な同性愛者ではなく、『金閣寺』におけるような放火犯でなくても、彼らにとって疎外感や虚無は、決して他人事ではなかった。

ところが、昭和三〇年（一九五五）代に入り高度経済成長が始まると、わずかの間に状況が一変する。戦争の記憶は掻き消され、人々は進歩と発展と現世の幸福に向けて狂奔した。先にも触れた冷戦状況とその国内的反映である五五年体制下において、日本経済が成長軌道に乗ったことが、それを可能にした。

そのような状況下を生きた（と言うよりむしろ「生かされた」）人々は、樹海で「風景が消える」という体験にも画家のメキシコ留学にも、興味も関心もない。それどころか「ニヒリズム研究」を謳う『鏡子の家』は、見たくも聞きたくもない不都合な真実を突きつける書として煙たがられるだろう。それならば、『鏡子の家』など出来栄えの悪い失敗作だとしておいた方が、むしろ気が楽である。先に述べた一種の「逃げ」とは、そういう意味である。

こうした角度から考えると、『豊饒の海』という作品は、『鏡子の家』が不評に終わった理由を充分に受け止めた上で、『鏡子の家』が問うたテーマを、より大きな視野から展開し直そうとしたものだということが浮かび上がってくる。

三島は既に『鏡子の家』の段階で、戦後日本に対する強烈な違和感を描き、そこからの回復の筋道を探っていた。しかし、『鏡子の家』のやり方では同時代の読者の心に届かないとわかる。そこで『豊饒の海』では戦後日本に対する違和感を「昭和」という時代そのものの抱える矛盾として捉え直し、さらには明治維新期にまで視野を延ばして作品世界を構築することを試みたのである。

ウシュマル、バンパインの描かれ方に即して言うなら、『鏡子の家』では小説を書き終えた（読み終えた）先に横たわる救済の象徴としてウシュマル＝バンパインがあるのに対し、『暁の寺』では、それは作中でもっとも美しい場面ではあるが、アジャンタでの本多の体験へと止揚してゆくべき一つの契機として位置づけられている。[45]

メキシコ・カンクンからのツアー

ところで、私は二〇一六年にメキシコを訪れウシュマル遺跡の光景をわが目で確かめた。先述のように読者としての私たちは、現代を生きつつ作品を読み、作品を読みつつ現代を生きるより他ないのだが、その一例として、ここで私の体験を語ることをお許しいただきたい。

私がメキシコを訪れたのは、彼の地で三島由紀夫シンポジウムが開催されたからである。メキシコはいま、もっとも活気ある国の一つである。[46] 日本からも多くの企業が進出しているが、単に経済面だけではない交流の深化を目指して、三島の文学と思想がシンポジウムのテーマに取り上げられたのだった。会場は熱気に満ち、三島に対する関心の高さが目立ったが、私は日程の合い間を縫ってメキシコシティから飛行機でメリダへ飛び、さらに車で一時間以上かけてウシュマルを訪れて、その晩は三島が泊まったのと同じホテルに宿泊したのである（Hacienda Uxmal）。翌日訪れたウシュマルの遺跡は遥か彼方まで晴れ渡り、三島が訪れた際とは状況が違ったが、この美しいマヤ文明の遺跡で三島が体験した幸福を想像することはできた。だが、いま言いたいのはそのことではない。

驚いたのは、決して交通の便がよいとは言えないこのジャングルのなかの場所に、次々に大型リムジンバスがやって来て、観光客が絶えないことである。世界有数のリゾート地として知られるカンクンからのツアーの行程にウシュマルも含まれているのだ。聞けば、今後はキューバも含めたツアーも検討されているという。

これは三島が訪れた六〇年前とはまったく異なる状況である。私は複雑な思いに囚われた。世界遺産として登録されたこの地に、世界各地から多くの観光客がやってくる。それは喜ばしいことであろう。だが廃墟と化したマヤ文明の遺跡であるということと、最先端の観光地化した現況との間にある何とも言えぬ断絶感は、如何ともしがたかった。これまで私は、「昭和」という時代は、そして日本の近代は、分断され脈絡を欠いているということを述べてきたが、同様の断裂に、このメキシコ、ウシュマルも直面しているのではないか。これこそ、近代化の進展というものが世界各地にもたらす現象なのではないだろうか。

私にはそう思われたのである。言い換えれば、『暁の寺』が扱ったテーマは、いまウシュマルにおいて進行しつつある問題でもあったのである。

……だが、事態はそのもう一つ先にまで及んでいるのかもしれない。

ウシュマル遺跡をあらためて見渡せば、観光客たちはみなスマホで動画を撮り、ペットボトルの水を飲みながら、決められたコースから逸れることなく整然と歩いてゆく。かく言う私も、まったく同じである。

実は、以前タイを訪れたときも私は同様に感じたのだった。ともに熱帯に属するので、タイとメキシコの植生や自然景観には、もともと似たところがある。だが私が同様の感想を抱いたのは、その意味においてではない。ウシュマルでもバンパインでも、人々は皆、コピーで写しとったように、言語こそ違うが同じように感嘆の言葉を発し、同じように行動している。もちろん私は他の観光客とは異なり、三島研究という固有の理由があってこの地にやってきたと信じている。信じているのだが、しかし他の観光客たちも、それぞれ固有の何かを信じて、固有の行為をしていると思っているに違いない。そうだとすれば、私たちは皆やはり、個々人の意志や個性とは無関係に互いにいつでも置き換え可能なのではないか。「私」とはかけがえのないものなどではまったくなく、言ってみれば、メーカーが違っても使用可能な端末装置のようなものに過ぎないのではないか。

この観点を推し推めてゆくと、ついには次のようなことになる。すなわち、すべての人のすべての体験は、あらかじめデジタル化されうるのであり、そうするとタイやメキシコでの体験が互いに区別されなくなるばかりでなく、それは自宅に居ながら、誰か未知の人の動画をユーチューブで見ることとも、本質的に区別できなくなってくる。これは飛躍しているように見えるかもしれないが、そうではない。いまここで私が何かをすること、かつてどこかで誰かが何かをしたこと、いつかどこかで誰かが何かをするであろうこと。この三者が区別されないような時代が、やってきたのだ。それぞれの時空間のそれぞれの場面で、それぞれの人はかけがえのない真実の体験をしていると思うかもしれないが、実のところそうした固有性は粉々に砕けて蒸発し、神聖なものも厳粛な真実も、単なる動画の素材に過ぎなくなっているのである。昨今話題になる日々進化するVRや、真実のニュースとフェイクニュースとの区別がつかないという事態も、同じ文脈上にある。

いったい、こうした状況下で、人間の生は成り立ちうるのだろうか。二一世紀のいま、ウシュマルやバンパインは、このような問題を私たちに突きつける。それは「近代化が行き着いた地点の、その先にある問題」と言えるかもしれない。

この観点に立つとき、『豊饒の海』は――『暁の寺』以上に、特に第四巻『天人五衰』において言えることだが――、この近代化の果ての、さらに先の領域までをも先取りした作品であることが見えてくる。『鏡子の家』や『暁の寺』で不評を買った三島であったが、実はその鋭い眼力によって、誰よりも早く時代の本質と、その行く末を見抜いていたのだった。

この問題に関しては、第3章であらためて詳しく検討することにしよう。

カルロス・フエンテスの場合

ここで、メキシコを代表する作家カルロス・フエンテスについて一言述べておこう。三島とフエンテスとの間に直接の関係はない。作風も大いに異なる。だが、三島同様一九二〇年代に生を享け(三島は一九二五年生まれ、フエンテスは一九二八年生まれ)、ヨーロッパ文学を吸収しながら、みずからの文化的アイデンティティーの探求に熱心に取り組み、両者の対立と緊張関係のなかから新たな地平を切り開こうとしたフエンテスもまた、近代という時代の本質をえぐる作品世界を展開した。その作品では実験的な小説技法や構成法が駆使され、輪廻転生という設定を除けば技法や構造の上ではむしろ保守的と見える『豊饒の海』との差異は明瞭なのだが、近代化の進展が何をもたらすかということをリアリストの眼で見抜き、これに対抗し、矛盾に満ちた時代の諸相を包括しつつ、一段高い次元へと飛翔する作品世界を生み出すことによって生を生き直そうとしている点で、両者には共通の志向が認められるのである。

特にその大作『テラ・ノストラ』（一九七五年）は、『豊饒の海』の位置づけを考え直してゆく上で、重要な示唆を与えてくれる。『テラ・ノストラ』はスペインによる征服以来のメキシコ史の全貌を、神話的な想像力を駆使して大胆に書き直してしまおうとする三部構成の野心作で、そこではスペイン王家のフェリペ二世や狂女フアナなど歴史上の実在人物たちと、ドン・キホーテ、ドン・ファンから現代ラテンアメリカ文学の主人公に至るまでの架空の人物たちとが、自由に交錯する。

試みに『豊饒の海』と『テラ・ノストラ』を合わせ読んでみよう。すると、マヤ、アステカ文明以来、滅亡を繰り返し経験し、植民地化によって言語までをも奪われながら、粘り強く生を繋いできたメキシコの歴史の重みと力強さが実感される一方で、『古今和歌集』や『源氏物語』以来豊かな言語文化を成熟させてきた日本文化は、ひょっとするといまはじめて本当の意味での滅びを経験しつつあるのではないかという不安と危機感が、二一世紀を生きる現代日本の読者の心に募るに違いない。

『テラ・ノストラ』のエンディングの舞台は二〇世紀末のパリだが（『天人五衰』と同様、この小説は執筆時点における近未来を描く作品である）、そこで主人公の一人は別の人物と性交した後に相手と一体化し、アンドロギュノスと化したその存在は、ついに自分で自分自身と性交するに至る。フエンテスはそこに、近代化に抵抗する、宇宙と生の始原の神話的光景を見出したのだ。

これに対して先に引用した『奔馬』における勲の夢では、女性と化した自分に向けて射精した彼は、ぞっとするような淋しさに襲われる。先に触れたように『豊饒の海』の起筆前メモでは、女主人公が「六十才になつた男と結婚し、子を生む」という構想も考えられていたが、性交が宇宙の始原の光景に通じるというようなヴィジョンは、結局のところ『豊饒の海』では拒まれてしまったように見える。

ただし、第四巻『天人五衰』の最後では、透と狂女の絹江との性交により、新たな生命が宿ることになる。これについても第3章、および終章で触れることがあるだろう。

ベナレスとチチェン・イッツァ

以上で本章を終えたいが、一つ論じ残したことがある。それはインドのベナレスの問題である。実を言うと、『豊饒の海』にもアンドロギュノス的な始原とも見える光景がある。後にも少し触れるが、それは『奔馬』の結末で自刃する勲の瞼《まぶた》の裏側に日輪が赫奕《かくやく》と昇る場面で、その太陽は、本多がインドの聖地ベナレスで見る太陽として再現されている。ベナレスの朝、「威嚇するように轟いている光焔」となった太陽について、本多はまさしくこの太陽こそ、「勲がたえず自刃の幻のかなたに思い描いていた太陽[*47]」だと思い当たるのである。

だが、本書で先にインドに触れた際、アジャンタ洞窟寺院については詳しく論じたが、ベナレスについてはあえて言及しなかった。

なぜか。

それは、ベナレスの太陽―勲の自刃の問題は、三島自身の死という問題と直結してくるからである。このような解釈は誤りとは言えないが、関心の方向が早い段階でこちらに向かってしまうと、それは私たちの思考を呪縛してしまい、結果として小説作品との自由な出会いを妨げてしまう恐れがあるように思われたのだ。特に『暁の寺』を読解してゆく際には、まずは作品と時代との関係を慎重に見極め、世界観としての輪廻転生や、唯識思想を作品世界の根底に置くことの意味を丹念に見てゆくことが必要なのであって、その分析に先立って三島の自死それ自体を話題にすることは控えたいと考えたのである。

だが、『暁の寺』をひとまず読み終えたいま、この点に関連して、確認すべきことはきちんと押さえておかなければならないだろう。

いま考えておきたいのは、三島はメキシコでウシュマルに先立ってチチェン・イッツァの遺跡にも赴いていることである。

チチェン・イッツァは人間犠牲の儀式で名高い。生きたままえぐり取られた心臓は、太陽が滅びることを避けるために神に捧げられたと言われる。三島は『旅の絵本』にこう書いている。チチェン・イッツァの廃墟は血腥《ちなまぐさ》い記憶に充たされているが、それはトルテック族のもたらしたもので、比較的その影響を受けていないウシュマルはほとんど流血とはゆかりがないという。しかし、「重要な儀式のためには、ウシュマルの王族は大密林を横切る甃《サクベ》の道をとおってチチェン・イッツァまで行くのであった。私はすでにチチェン・イッツァの大浴場跡のかたわらに、はるかウシュマルへ通じていたというこの甃のあとを見た。〔……〕そしてまたウシュマルに程ちかいカバの都門の下に、丁度葉かげに身を隠したおそろしく長大な蛇の、わずかにあらわした首と尾とのように、私はチチェン・イッツァで見たのと同じ甃の一端を見た。それも亦チチェン・イッツァの方角へ向って、ゆくては生い茂る夏草の下へ隠れていた[*48]」。

ただし、ここで三島はみずからをチチェン・イッツァの人間であるよりは、ウシュマルの人間になぞらえていたことに注意しなければならない。これは何を意味しているのだろうか。このことについて本書の最後に言及する予定である。

＊1　三島由紀夫、『決定版三島由紀夫全集一四』、六五二ページ
＊2　『決定版三島由紀夫全集一四』、六五六ページ
＊3　三島由紀夫、「『豊饒の海』創作ノート一〇」、「三島由紀夫研究一三」、一一九ページ
＊4　一九五五年十一月に自由党と日本民主党が合同して政権与党となった自由民主党と、その前月に左右両派が統一した日本社会党による政治体制を五五年体制と呼ぶ。
＊5　『決定版三島由紀夫全集一四』、八一一ページ
＊6　『決定版三島由紀夫全集一四』、七九〇ページ
＊7　三島由紀夫、「『豊饒の海』創作ノート九」、「三島由紀夫研究一二」、一五八ページ
＊8　「『豊饒の海』創作ノート一〇」、「三島由紀夫研究一三」、一一七ページ
＊9　三島由紀夫、『決定版三島由紀夫全集三五』、五〇ページ
＊10　『決定版三島由紀夫全集一四』、六五一ページ
＊11　『決定版三島由紀夫全集一四』、八二七－八三〇ページ
＊12　『決定版三島由紀夫全集一四』、一六二ページ

＊13 島崎藤村、『藤村全集一二』、三〇一ページ

＊14 三島由紀夫、『決定版三島由紀夫全集四〇』、一五一ページ

＊15 『決定版三島由紀夫全集一四』、五五ページ

＊16 『決定版三島由紀夫全集一四』、五八ページ

＊17 三島由紀夫、『決定版三島由紀夫全集一三』、七三七ページ

＊18 『決定版三島由紀夫全集一三』、七四〇ページ

＊19 『決定版三島由紀夫全集一三』、四四四ページ

＊20 『決定版三島由紀夫全集一三』、四五六ページ

＊21 『決定版三島由紀夫全集一四』、九〇ページ

＊22 『唯識三十頌』は世親の著。唯識の思想を要約した三〇の偈頌《げじゅ》（教理を説く詩句のこと）からなる。これに対する注釈を、護法《ごほう》（五三〇－五六一）の説を中心に玄奘《げんじょう》（三蔵法師。六〇二－六六四）および高弟の窺基《きき》（六三二－六八二）が漢訳したものが、法相宗の根本聖典となった『成唯識論《じょうゆいしきろん》』である。

＊23 三島由紀夫、『決定版三島由紀夫全集三五』、四一一ページ。初出は「毎日新聞（夕刊）」（一九六九年二月二六日）。なお、一般に「唯識論」とは『成唯識論』に依拠する法相宗の所説を指し、無着（無著。世親の兄）の『摂大《しょうだい》乗論《じょうろん》』に基づく摂論宗（法相宗とは別の唯識仏教の宗派）とは異なるとされるが、ここでは特に区別されていない。

＊24 井上隆史、『三島由紀夫 幻の遺作を読む―もう一つの「豊饒の海」』を参照。

＊25 深浦正文、『輪廻転生の主体』、九一ページ

＊26 上田義文、『仏教における業の思想』、六八ページ。なお、上田義文の議論は無着が著わした『摂大乗論』に基づくものである。

＊27 『決定版三島由紀夫全集四〇』、六九一ページ

＊28 『決定版三島由紀夫全集一四』、一四二ページ

＊29 三島由紀夫、『決定版三島由紀夫全集三四』、一一六ページ

＊30 『決定版三島由紀夫全集一四』、一四三－一四六ページ

＊31 その経緯については杉山欣也「『輔仁會報』第二号と三島由紀夫」を参照。

＊32 三島由紀夫、『決定版三島由紀夫全集三六』、五四五ページ

＊33 三島由紀夫、『決定版三島由紀夫全集三七』、七五三ページ

＊34 井上隆史ほか編、『混沌と抗戦―三島由紀夫と日本、そして世界』、六七ページ。同書には『討論 三島由紀夫VS.東大全共闘』収録テキストの一部を、討論会の記録映像に基づいて再校訂したものが収められているので、引用はこれに依拠した。

＊35 『決定版三島由紀夫全集三五』四八一ページ

＊36 『混沌と抗戦―三島由紀夫と日本、そして世界』、六九ページ
＊37 たとえば、今西と椿原夫人は自堕落ながらも性関係を持つが、本多にはいかなる意味でも行為が拒まれている、という意味を読み取ることができる。
＊38 『決定版三島由紀夫全集三四』、七三七―七四〇ページ
＊39 三島由紀夫、『告白 三島由紀夫未公開インタビュー』、八ページ。WEB上の「産経ニュース」（http://www.sankei.com/life/news/170119/lif1701190001-n6.html）で音声の一部を聞くことができる。
＊40 三島由紀夫、『決定版三島由紀夫全集二九』、六六二ページ
＊41 「毎日新聞」（一九五九年九月二九日）でのインタビュー記事。
＊42 『裸体と衣裳』の一九五九年六月二九日の項。三島由紀夫、『決定版三島由紀夫全集三〇』、二三九ページ
＊43 三島由紀夫、『決定版三島由紀夫全集七』、三三一ページ
＊44 ホフマンスタールは『チャンドス卿の手紙』において言葉と意味との対応関係が失われ、世界が崩壊するさまを描いたが、三島は中村光夫との連続対談『人間と文学』でこのことに触れ、一九世紀末に顕在化したそのような危機感が、『チャンドス卿の手紙』からサルトルの『嘔吐』にまで広がっていると述べている。このことは『鏡子の家』の作品世界の射程が単に日本の戦後という時代に留まるものではなく、世界史的文脈における近代という時代そのものに及んでいたことを意味する。
＊45 後に三島は映画監督の大島渚に対して、『鏡子の家』が不評に終わったことを回顧して、「絶望して川の中に赤ん坊投げ込んでそれでもうおしまいですよ、僕はもう。〔……〕それから狂っちゃったんでしょうね」と語っている（三島由紀夫、『決定版三島由紀夫全集三九』、七五五ページ）。赤ん坊を捨てるということは、他でもない、ウシュマルでの幸福な一日を捨てることであり、『暁の寺』第一部のジン・ジャンは、蘇った赤ん坊の成長した姿と見ることもできる。
＊46 メキシコとの国境に壁を作ると宣言したトランプ大統領の登場によっても、その流れは変わっていない。
＊47 『決定版三島由紀夫全集一四』、八二ページ
＊48 『決定版三島由紀夫全集二九』、六五八ページ

第2章

『春の雪』／『奔馬』

崩壊する擬制、ゾルレンとしての虚相

本章で扱う『春の雪』は大正の美男美女の悲恋物語、
『奔馬』は昭和の純真な右翼青年の物語というふうに
とらえることができるだろう。しかし、三島がそこに織り込んだ
反時代的なアイロニーを見逃してはいけない。
純愛と核家族的価値観、金本位制と国際金融主義。
社会を維持してきたはずのあらゆる「擬制」が崩壊してゆく。
三島は『春の雪』と『奔馬』において「近代」という時代の
病巣をえぐり出し、私たちに突き付けるのだ。

1 『春の雪』の時代性

『春の雪』、『奔馬』の読み直し

最初に述べたように、『暁の寺』は『豊饒の海』全篇のなかでもっとも読みにくく、つまらない作品と言われることが多い。しかし、以上の考察から『暁の寺』には評価されるべき重要なテーマがいくつも内在していることがよくわかる。この小説は「昭和」という時代をまるごと捉え、明治期の日本にまで射程を延ばし、さらには世界文学的な水準で、近代という時代の全体（およびその先の領域）に問いかけようとしているのである。

『暁の寺』がこのような作品だとすれば、先行する巻である『春の雪』、『奔馬』は、いかに読まれるべきであろうか。ふつうに考えれば、『春の雪』は大正初年の美男美女の悲恋物語、『奔馬』は昭和初年の純真な右翼青年の物語である。こうした物語内容と、時代全体の問い直しや世界文学というテーマは、どう結びつくのだろうか。

そこで本章では第一に、いったい『春の雪』、『奔馬』の二作を、「時代を捉える」という観点から読むことができるのか、できるとすれば、その場合作品はどんな相貌を呈することになるのか、という点について見てゆきたい。ついで唯識思想について再検証し、視野をさらに広げて、世界文学史上における『豊饒の海』の位置づけについて考察を深めてゆこう。

オマージュを越えて

『春の雪』は恋愛小説である。日本文学を代表するラブストーリーの一つと言ってもよく、この点に焦点を絞った映画版や宝塚版の『春の雪』も好評を博した。

もちろん、三島はこれを意識していた。しかも、創作にあたっては日本近代文学史上よく知られた恋愛文学を様々な形で引用している。その引用は捻りが効いており、『春の雪』は単に清顕と聡子の恋愛を物語る小説なのではなく、既存の作品場面を踏まえた上で、これを裏返し、あるいはその一歩、二歩先の世界を展開しようとする小説だと言えるのである。

例を挙げよう。

最初に目につくのは、三島由紀夫というペンネームの由来の一つとも言われる伊藤左千夫の『野菊の墓』（一九〇六年〔明治三九〕）だ。[*1] 後述のように『春の雪』は清顕を魅了する日露戦争の戦没者追悼写真の描写から始まるが、それに続いて、渋谷の松枝邸に本多が遊びに来たところ、奈良月修寺の門跡も松枝家を訪れ、聡子を交えて邸内の紅葉狩りを楽しむ場面となる。ところが、華やかなシーンに相応しくない不吉な事件が起こる。滝口を見上げると〔既に述べたように「滝」は生まれ変わりの象徴である〕、黒い犬が溺死していたのだ。[*2] そこで門跡が回向することになり、聡子と清顕は花を摘みに行く。

〔……〕聡子は清顕に先立って山道をゆき、目ざとく咲残りの竜胆《りんどう》を見つけて摘んだ。清顕の目には、すがれた野菊のほかのものは映らなかった。[*3]

少年と年上の少女の悲恋を描く『野菊の墓』には、二人が野菊と竜胆を摘んで、幼いながらも思いを確かめ合うシーンがある。三島がこれを意識しているのは明らかだ。しかも単なるオマージュではない。『野菊の墓』では二人が結ばれることはなく、少女が不本意な結婚の果てに落命するところで小説は終わる。これに対して『春の雪』では二人は逢瀬を重ね、聡子はついに妊娠、堕胎する。しかし、彼女は死なない。死に至るのは『野菊の墓』の場合とは反対に男性の方である。

小説ではないが与謝野晶子の恋歌についても、三島は意識していた。本多に向かって清顕との関係を「清様と私は怖ろしい罪を犯しておりますのに、罪のけがれが少しも感じられず、身が浄まるような思いがするだけ[*4]」と語る聡子の言葉は、鉄幹に対する不倫感情を背景とする「むねの清水あふれてつひに濁りけり君も罪の子我も罪の子」という晶子の歌における清浄から罪悪へという方向性を反転したものと言えよう。その後、出家を決意した聡子が剃髪する場面は次のようである。

むせるような夏の光りを、いっぱいその中に含んでいた黒髪は、刈り取られて聡子の外側へ落ちた。しかしそれは無駄な収穫だった。あれほど艶やかだった黒髪も、身から離れた刹那に、醜い髪の骸《むくろ》になったからだ。[*5]

晶子と言えば「くろ髪の千すぢの髪のみだれ髪かつおもひみだれおもひみだるる」、「その子二十櫛にながるる黒髪のおごりの春のうつくしきかな」など歌集『みだれ髪』の歌が名高いが、黒髪が切り落とされる右の場面ではその『みだれ髪』の世界が皮肉な形で裏返されてゆく。

時間を遡って、わが国最初の恋愛小説とも言われる森鷗外の『舞姫』（一八九〇年〔明治二三〕）に目を向けてみよう。主人公・太田豊太郎はエゴイスティックな保身と打算から異国の恋人エリスを捨てるが、秘かに帰国を決意した際、街中を彷徨《さまよ》い倒れる。

〔……〕倒るゝ如くに路の辺の榻《たふ》に倚りて、灼くが如く熱し、椎《つち》にて打たるゝ如く響く頭を榻背に持たせ、死したる如きさまにて幾時をか過しけん。劇《はげ》しき寒さ骨に徹すと覚えて醒めし時は、夜に入りて雪は繁く降り、帽の庇、外套の肩には一寸許も積りたり。*6

その後豊太郎は病に伏すが、それはエゴイズムの代償であり、罪悪感ゆえでもある。対して、『春の雪』の結尾、堕胎の後に出家した聡子に一目会うため、病を押して雪中の奈良・帯解の町を月修寺へと急ぐ清顕の目に映じるのは、すべてが浄化された、この世ならぬ世界であった。

すでに五日目、六回目の訪れであるから、目をおどろかすものは何もない筈なのに、今、俥から、綿を踏むような覚束《おぼつか》ない足を地へ踏み出して、熱に犯された目で見廻すと、すべてが異様にはかなく澄み切って、毎日見馴れた景色が、今日はじめてのような、気味のわるいほど新鮮な姿で立ち現われた。その間も悪寒はたえず、鋭い銀の矢のように背筋を射た。

道のべの羊歯、藪柑子《やぶこうじ》の赤い実、風にさやぐ松の葉末、幹は青く照りながら葉は黄ばんだ竹林、夥しい芒、そのあいだを氷った轍《わだち》のある白い道が、ゆくての杉本立の闇へ紛れ入っていた。この、全くの静けさの裡の、隅々まで明晰な、そして云わん方ない悲愁を帯びた純潔な世界の中心に、その奥の奥の奥に、まぎれもなく聡子の存在が、小さな金無垢の像のように息をひそめていた。しかし、これほど澄み渡った、馴染のない世界は、果してこれが住み馴れた「この世」であろうか？*7

ところで、『野菊の墓』もそうだが、小説ではストーリーの展開上、「花」が重要な役割を果たす場面が多い。樋口一葉の珠玉の名篇『たけくらべ』（一八九五年〈明治二八〉—一八九六年に断続的に発表）では、美登利が吉原の遊女となり、幼馴染の信如が町を離れて仏門修行に入るちょうどその直前のところで、誰とも知れぬ者が美登利の家の格子門の外から水仙の造花を差し込んで擱筆となる。常識的に言えば、少年らしい恥じらいから、信如が黙って別れの印を残したとしか思われないが、一葉はそうは記さなかった。これは一葉が正しいのであって、二人の恋は生《なま》の現実においては成就しないのだから。*8 水仙を差し入れたのは生身の信如ではなく夢幻の存在であり、その花も生花ではなく造花であるより他ないのである。

作品世界内にあえて生花を置く場合には、恋は沈鬱で陰惨な状況に閉じ込められることがある。漱石の『それから』（一九〇九年〔明治四二〕）の代助が、百合の香りの籠る部屋で、知人の妻である三千代に思いを告白する場面はそれにあたる。ところが、これは『春の雪』ではなく『奔馬』からの例になるが、奈良の率川《いさがわ》神社の三枝祭の神事で用いられる笹百合の花は、鬼頭槇子の手によってドライフラワーのように霊妙に枯れ、勲たちの蹶起の純粋さを示すとともに、勲に対する槇子の深い恋情の象徴ともなっている。

こうして見ると、初期日本近代文学を代表する恋愛小説や恋歌を踏まえた上で、三島はあえて展開を裏返し、あるいはその一歩先の扉を開けようとしたと言えるように思う。

人世の秘鑰《ひやく》

三島はこのことに充分自覚的だった。

そうだとすれば、「恋愛は人世の秘鑰なり、恋愛ありて後人世あり」*9 という書き出しで名高く、わが国ではじめて恋愛至上主義を唱えた文章として多くの若者に影響を与えた北村透谷の「厭世詩家と女性」（一八九二年〔明治二五〕）についても、三島は何らかの形で触れているはずである。

そう思って『春の雪』を読むと、直接的な言及こそないが、「秘鑰」という語が次のように使われていた。

相手の女がどんな莫連《ばくれん》だろうと、純潔な青年は純潔な恋を味わうことができる。だが、女をとんだあばずれと知ったのちに、そこで自分の純潔の心象が世界を好き勝手に描いていただけだと知ったのちに、もう一度同じ女に、清らかな恋心を味わうことができるだろうか？　できたら、すばらしいと思わんかね？　自分の心の本質と世界の本質を、そこまで鞏固《きょうこ》に結び合せることができたら、すばらしいと思わないか？　それは世界の秘密の鍵を、この手に握ったということじゃないだろうか？*10

こう語るのは本多だが、これに対して清顕は「実は本多とはちがって自分こそ、生れながらに世界の秘鑰を握っていると感じていた。どこから生れる自信とも知れなかった」と独言する。秘密の鍵の意である「秘鑰」という語は、他に用例がないわけではないが、やはり三島は透谷を意識してこの部分を書いたと考えるのが自然であろう。ただし、これが重要なポイントだが、三島はここで恋愛の問題を、「想像力」は「現実」に勝るのか、「想像力」によって世界の本質を捉えることはできるのか、という問題へと拡張している。そして実を言えば論点の拡張は、既に透谷自身においても用意されていた。

しばしば誤解されるのだが、透谷は単に、旧弊なしがらみに囚われず、自分の意志で貫く恋愛の素晴らしさを高らかに謳う、反封建的、近代主義的な恋愛観を唱えたわけではない。「厭世詩家と女性」には、「恋愛は思想を高潔ならしむる嬭母（母親に代わって乳児を養育する女──著者注）」であり、

「透明にして美の真を貫ぬく」「想世界〔……〕の牙城となる」とある。つまり、透谷にとって恋愛が至上の価値を持つのは、それが反封建的だからではなく汚れた現実を超越するからであり、近代主義的だからではなく「想像力」によって美や真実の核心に迫るからなのだ。透谷が本当に言いたかったのは、むしろこの点にあった。

ここには、汚れた現実に対して理想の美を、目の前の存在に対して「想像力」の働きを通じて到達される真実を屹立させる世界観が横たわっている。実を言えばこのような発想は、透谷に先立ち、二葉亭四迷が「小説総論」（一八八六年〔明治一九〕）で示した小説観のなかにも認めることができる。

〔……〕摸写といへることは実相を仮りて虚相を写し出すといふことなり。前にも述し如く実相界にある諸現象には自然の意なきにあらねど、夫の偶然の形に蔽はれて判然とは解らぬものなり。小説に摸写せし現象も勿論偶然のものには相違なけれど、言葉の言廻し脚色の摸様によりて此偶然の形の中に明白に自然の意を写し出さんこと、是れ摸写小説の目的とする所なり。夫れ文章は活《いき》んことを要す。文章活ざれば意ありと雖も明白なり難く、脚色は意に適切ならんことを要す。適切ならざれば意充分に発達すること能はず。*11

後にあらためて確認するが、いま簡単に整理するなら、「意」とは「アイデア」、「形」とは「フォーム」であり、小説を書くということは、「意」＝「アイデア」＝「虚相」に、「形」＝「フォーム」＝「実相」という表現を与えようとすること、あるいはむしろ、後者を踏み台にして前者を示そうとすることである。ここには「言葉の言廻し脚色の摸様」という創作技術の問題も介在し、そこに成功すれば（二葉亭はこれを「文章」が「活」る、と呼ぶ）、読者（受容者）は「感動（インスピレーション）」によって「意」＝「アイデア」＝「虚相」を「感得」すると二葉亭は説く。

透谷の思考の背景には、このような考え方が存する。言ってみれば、透谷は美や真という「虚相」に到達するために恋愛という筋道を通ろうとしたわけだ。その意味で、二葉亭が「小説」に担わせた役割を透谷は「恋愛」に託したのであり、「恋愛」が「人世の秘鑰」であるならば、「小説」もまた「人世の秘鑰」だったはずなのである。

二葉亭の挫折　透谷の死

ところが、実際には話はそのように簡単には運ばなかった。

文学史において日本の近代小説の嚆矢と位置づけられる二葉亭の『浮雲』（一八八七年〔明治二〇〕〜一八八九年）は、明治の若者の生活類型を描くことを通じて「小説総論」で提示され小説観を体現すべき作品であったが、秘かに恋した女性を友人に奪われそうになった主人公の内海文三が今で言う「引き籠り」に近い状態に陥り、そのとき、小説として筋を前に進めてゆく動力も失われて、『浮雲』は事実上の中絶と言ってよい形で幕を閉じてしまう。作者の二葉亭自身、以後小説執筆から遠ざかり、次の本格的作品である『其面影』[*12]が発表されたのは二〇年近くも後の一九〇六年（明治三九）であった。それから三年足らずで一葉亭は亡くなってしまう。鷗外もまた、『舞姫』とともにドイツ三部作に数えられる「うたかたの記」「文づかひ」以降、旺盛な小説執筆から遠ざかる。一葉も『たけくらべ』が完成したのと同年の一八九六年（明治二九）一一月、二四歳で病没してしまった。

もっともやり切れないのは透谷である。「厭世詩家と女性」の発表からわずか二年後の一八九四年（明治二七）五月、二五歳の透谷は、妻子を残して縊死を遂げたのだ。

だが、死は突然の出来事ではなく、実は「厭世詩家と女性」において予示されていた。先に見たように、透谷はこの評論で、「恋愛は思想を高潔ならしむる嬭母」であり、「透明にして美の真を貫ぬく」「想世界〔……〕の牙城」と述べた。だが、これは論文の結論ではない。彼が最後に強調するのは、人として、あるいは「尤も多く人世の秘奥を究むるといふ詩人」として、この現実世界のなかで「想世界」を保ち続けることの困難さである。

夫れ詩人は頑物なり、世路を濶歩することを好まずして我が自ら造れる天地の中に逍遙する者なり。厭世主義を奉ずる者に至りては、其造れる天地の実世界と懸絶すること甚だ遠しと云ふ可く、婚姻によりて実世界に擒せられたるが為にわが理想の小天地は益狭窄なるが如きを覚へて、最初には理想の牙城として恋愛したる者が後には忌はしき愛縛となりて我身を制抑するが如く感ずるなり。〔……〕恋愛によりて人は理想の聚合を得、婚姻によりて想界より実界に擒せられ、死によりて実界と物質界とを脱離す。

「理想の牙城」だった「恋愛」は、「婚姻」を契機にして一転、「忌はしき愛縛」と化す。「厭世詩家と女性」はこの点においても誤解されがちで、それは単に恋愛至上主義を主張するものではなく、むしろ「人世の秘鑰」としての「恋愛」における「想像力」の働きが現実によって圧し潰されてゆく宿命を説いているのである。その宿命の導くところ、透谷に残された道は自死しかなかった。

ここで、落ち着いて考えなければならないことがある。

それは、二葉亭や鷗外が小説の世界から離れ、透谷や一葉が命を失ったのは、単に日本社会が未熟で彼らの恋愛観を受け入れることができなかったからだとか、彼らに文学的才能が乏しかったからだとか、そういう理由によるのではないということである。

むしろ、そもそも近代という時代の現実が、美や真実の核心に迫ろうとする「想像力」の働きを許さず、これを蝕み、根こそぎ破壊しようとするほどおぞましいものであったところにこそ、真の理由がある。その結果として、彼らは倒れたのだった。[*13]

ただし、彼らは決して逃げたわけでも、敗北に甘んじたわけでもなかった。その作品は、現実との戦いの痕跡として私たちに託されているのである。彼らの姿勢は、時代の矛盾を引き受けながら『豊饒の海』を執筆した三島の姿にも重なっている。

得利寺附近の戦死者の弔祭

繰り返し言うように、『春の雪』は清顕と聡子の恋物語である。

しかし右のように見てくると、表面的な筋の背後から、「現実」を前にして「想像力」が敗北し、透谷が唱えたような意味での「恋愛」も二葉亭が唱えたような意味での「小説」も成り立たなくなった明治中期以降の状況のなかにあえて飛び込んで、「恋愛小説」というテーマとジャンルに挑んだ三島の姿が浮かび上がってくる。

三島のそのような意志は、『春の雪』の冒頭で描写される日露戦役写真集内の「得利寺附近の戦死者の弔祭」の写真に清顕が思いを寄せている、という設定からも読み取ることができる。得利寺は遼東半島中部の町で、日露戦争の戦地の一つ。日本軍がロシア軍を撃破するが、日本の戦死者も二一七名を数えたと言われ、黄塵に煙る戦地で死者を弔う儀式が執り行われた。写真には「明治三十七年六月二十六日」という日付が付されている。この写真に魅了された清顕の目に映るのは、次のような光景だった。

〔……〕画面の丁度中央に、小さく、白木の墓標と白布をひるがえした祭壇と、その上に置かれた花々が見える。

そのほかはみんな兵隊、何千という兵隊だ。前景の兵隊はことごとく、軍帽から垂れた白い覆布と、肩から掛けた斜めの革紐を見せて背を向け、きちんとした列を作らずに、乱れて、群がって、うなだれている。わずかに左隅の前景の数人の兵士が、ルネサンス画中の人のように、こちらへ半ば暗い顔を向けている。そして、左奥には、野の果てまで巨大な半円をえがく無数の兵士たち、もちろん一人一人と識別もできぬほどの夥しい人数が、木の間に遠く群がってつづいている。

前景の兵士たちも、後景の兵士たちも、ふしぎな沈んだ微光に犯され、脚絆《きゃはん》や長靴《ちょうか》の輪郭をしらじらと光らせ、うつむいた項《うなじ》や肩の線を光らせている。画面いっぱいに、何とも云えない沈痛の気が漲っているのはそのためである。

すべては中央の、小さな白い祭壇と、花と、墓標へ向って、波のように押し寄せる心を捧げているのだ。野の果てまでひろがるその巨きな集団から、一つの、口につくせぬ思いが、中央へ向って、その重い鉄のような巨大な環を徐々にしめつけている。……

古びた、セピアいろの写真であるだけに、これのかもし出す悲哀は、限りがないように思われた。[*14]

数ある戦争写真のなかで、この「弔祭」の写真がもっとも清顕の心に染み入ったというが、こういう設定は、何を意味するのだろうか。

ここに祀られているのは日露戦争の死者ばかりではないのではあるまいか。三島はここで「恋愛は人世の秘鑰なり」という隘路を辿って倒れた先人たち、すなわち透谷、一葉を（そして二葉亭、鷗外をも）悼み、これから展開する物語において彼らの遺志を受け継ぎ、絶望と悲しみを逆転、昇華して、「人世の秘鑰」としての「恋愛」と「小説」に、あらためて命を吹き込もうとしているのではないだろうか。

『暁の寺』が昭和という時代に刻印された矛盾や亀裂をリアリストの眼で描く小説だとすれば、『春の雪』は明治期のおぞましい閉塞状況を直視し、そこに新たな光を投じることで状況を超越し、いわば歴史を塗り替えようとした小説なのである。*15

雪中の幻

さらに考え進めるなら、『暁の寺』のバンパイン遊行における至福の喜びという陽の面と、『奔馬』で勲が見たおぞましい予知夢のような陰の面（これを『鏡子の家』における青木ヶ原樹海の場面に置き換えることができる）とのコントラストが、アジャンタでの滝の場面（あるいは空襲で焼け野原になった渋谷）へと統合、飛翔するのと同様の構造を、『春の雪』に読み取ることもできるだろう。

バンパインに対応する場面としてもっともふさわしいのは、雪中を走る人力車のなかで交わされた清顕と聡子のはじめての接吻シーンである。

〔……〕聡子の唇はいよいよ柔らいだ。清顕はその温かい蜜のような口腔の中へ、全身が融かし込まれるような怖ろしさから、何か形あるものに指を触れたくなった。膝掛から抜いた手で、女の肩を抱き、顎を支えた。そのとき女の顎にこもる繊細なもろい骨の感じが彼の指に触れ、ふたたび別の肉体の、はっきりと自分の外にある個体のすがたが確かめられたが、今度はそれが、却《かえ》って唇の融和を高めるのであった。

聡子は涙を流していた。清顕の頬にまで、それが伝わったことで、それと知られた。清顕は矜りを感じた。[*16]

日本の近代小説史上、これほど美しく、馥郁たる香気のなかで繰り広げられる接吻の描写は他にない。これを陽の面とすれば、『春の雪』冒頭の「得利寺附近の戦死者の弔祭」の写真は陰の面に相当する。この陰陽二面の緊張関係はまことに厳しい。だから、この香しい接吻の直後にも、清顕は弔祭の幻影に襲われる。

「幌をあけるよ」

聡子はうなずいた。〔……〕あたかも俥は、邸の多い霞町の坂の上の、一つの崖ぞいの空地から、麻布三聯隊の営庭を見渡すところへかかっていた。いちめんの白い営庭には兵隊の姿もなかったが、突然、清顕はそこに、例の日露戦役写真集の、得利寺附近の戦死者の弔祭の幻を見た。

数千の兵士がそこに群がり、白木の墓標と白布をひるがえした祭壇を遠巻きにしてうなだれている。あの写真とはちがって、兵士の肩にはことごとく雪が積み、軍帽の庇はことごとく白く染められている。それは実は、みんな死んだ兵士たちなのだ、と幻を見た瞬間に清顕は思った。あそこに群がった数千の兵士は、ただ戦友の弔祭のために集ったのではなくて、自分たち自身を弔うためにうなだれているのだ。……＊17

この時、清顕は死んだ兵士たちの一人と化してしまったと言える。こうして、もっとも官能的であるはずの最初の接吻の体験が、冷え冷えとした死のイメージによって塗り潰されてしまうのだ。だが、『春の雪』全篇の結末、聡子に会うため月修寺に向かう清顕の目前に広がるのは、先に引用したように、別様の幻であった。「この、全くの静けさの裡の、隅々まで明晰な、そして云わん方ない悲愁を帯びた純潔な世界の中心に、その奥の奥の奥に、まぎれもなく聡子の存在が、小さな金無垢の像のように息をひそめていた」。

清顕はこのまま、二度と聡子に会えぬまま命を落とす。しかしながら、透谷、二葉亭や一葉、鷗外が提示した行き場のない絶望や悲しみを超越した恋の瞬間を、いま、確かに清顕は生きている。彼が「本多とはちがって自分こそ、生れながらに世界の秘鑰を握っていると感じていた」と思ったのは、誤りではなかった。「金無垢の像」は直接的には聡子の比喩であるが、より深い次元で見るならば透谷の言う「想世界」、二葉亭の言う「虚相」を象徴すると言えよう。『春の雪』全篇を読み終えた読者の脳裏には、その「金無垢の像」が、ありありと浮かび上がる。『春の雪』において、アジャンタでの滝の場面に対応するシーンは、ここに極まる。

反時代的アイロニー

ところで『暁の寺』においては、物語内容の時期（昭和一〇、二〇年代）のみならず、執筆された時期（昭和四〇年代）も、考察すべき重要なポイントとなっていた。同様のことは、『春の雪』についても言えるであろうか。

『春の雪』の連載開始は一九六五年（昭和四〇）九月。実を言えば、当時は「純愛」ということが注目を浴びた時代である。それを象徴するのは大学生・河野実（マコ）と軟骨肉腫で早逝する大島みち子（ミコ）の書簡を書籍化した『愛と死をみつめて』（一九六三年〔昭和三八〕）で、同書は刊行翌年の年間ベストセラー第一位を記録した。『春の雪』の読者のうち少なからぬ者は、『愛と死をみつめて』の読者でもあったと考えられる。

ただし、『愛と死をみつめて』における二人の関係は、「性愛」から切り離されたところに成り立つ「純愛」の関係であり、それは「純愛」と「性愛」とは、結婚という社会制度の下ではじめて合致するべきだという、高度経済成長期の日本社会を支える核家族的な価値観と矛盾しないものだった。当時の社会においてこうした価値観の原型として機能していたものを探ってゆくと、国を挙げての話題となった皇太子殿下と美智子妃のご成婚が浮かび上がる。いわば彼らはロール・モデルとなったのだ。一九五九年（昭和三四）四月のことである。

これに対して清顕と聡子との関係においては「純愛」と「性愛」は区別されず、それどころか、愛は洞院宮治典王殿下と聡子との結婚の勅許に逆らうという破倫の行為として体現する。こう考えると『春の雪』という作品の反時代性がよく理解されるであろう。それは同時代に対抗する辛辣なアイロニーを備えているのである。

忘れてならないのは、作者の三島自身、一九五八年（昭和三三）に結婚して翌年に長女、一九六二年（昭和三七）には長男をもうけていることだ。この点において、彼もまた戦後日本の核家族的価値観を体現している。もちろん、三島はそのことに決して自足していない。ということは、『春の雪』は、三島その人の生に対しても、アイロニーの刃を向ける作品だったのである。[*18]

2　『奔馬』が物語るもの

宇気比《うけい》の神事

以上の考察から、『暁の寺』、『春の雪』の二作が、それぞれ異なる角度からではあるが、ともに時代を捉えようとする小説であることがよく理解されるだろう。

それでは『奔馬』の場合はどうであろうか。

『奔馬』は攘夷を唱える反政府士族が一八七六年（明治九）に起こした神風連の乱を、昭和初期の時代において再現しようとする青年の物語である。この筋を追うだけでも、それが日本の近代化の歴史を否定し乗り越えようとするものであることは明らかで、この点において、創作ノートや先行する文学作品との比較、検証作業を通じて、作品の時代性が浮き彫りになってゆく『暁の寺』、『春の雪』の場合とは、事情が異なるように思われる。

だが、『奔馬』においても一定の補助線を引くことで、表面的な筋を越えたレベルにおける作品の時代性に光をあてることができる。その一端について考えてみることにしよう。

まず取り上げたいのは、神意を占う宇気比という神事である。

神風連の首領・太田黒伴雄（一八三四年〔天保五〕―一八七六年）が師父と仰いだ国学者・林桜園《おうえん》（一七九七年〔寛政九〕―一八七〇年〔明治三〕）の著述に『宇気比考』がある。三島は『奔馬』においてこれを引用しているが、それによれば、「宇気比は神道の最も奇霊《くすび》なる神事にして、其始まりは掛まくも可畏《かしこき》、天照大御神、須佐之男命の、高天原にして、宇気比たまひしより起りて、顕国《あきつくに》に伝はれり」[19]という。その方法はいくつかあるが、太田黒は桃の枝に美濃紙を附して御幣《みてぐら》を作り、「死諫《しかん》を当路に納れ、秕政《ひせい》を釐革《りかく》せしむる事」[20]、「闇中に剱を揮《ふる》い、当路の姦臣を仆《たふ》す事」について、つまり前者はみずからの死をもって相手を諫めること、後者はいきなり暗殺を決行することについて、御伺いを立てた。すなわち、「可也」、「不可也」と記して丸めた紙を御幣で撫し、掛かって引き上げられた紙の文字を神意とするのである。神風連の乱の蹶起は、この神意に従ったものだった。

このことに関し、三島は奈良の大神神社や熊本在郷の文化思想家・荒木精之らに取材したほか、林桜園『桜園先生遺稿　全』（一九四三年）、福本日南『清教徒神風連』（一九一六年）といった文献にも多く依拠している。『奔馬』作中で勲が愛読する『神風連史話』は、これらに基づいて三島が著わした作中作だ。

だが、注意すべきことがある。それは、この『神風連史話』で実際に神意が示される場面について、三島は曖昧とも取れる表現を行っていることである。太田黒が本当に「可也」の紙を引き上げたかどうかは、実は直接には描かれていない。「神殿の裡の燈明が、立上った太田黒の影にかくれて、人々は拝殿へ戻って来る彼の足どりに吉兆を読んだ。神が御嘉納になったのを、太田黒は一同に告げた」[*21]と『神風連史話』にあるが、太田黒が皆に偽って「可」の神示があったと述べたのだとしても、それは誰にもわからない。神意を占うといっても、そこには、ある不確かさやいかがわしさを伴うのである。

いま私がこういうことをあえて言うのは、『奔馬』において勲が同志を前にして決行の日時を決める場面が、まさにそのように記されているからだ。

　このとき勲の心には、新開大神宮の神前にぬかずいて神示を待つ太田黒伴雄の姿が彷彿とした。〔……〕何の日付も、何の数字の啓示も泛んで来ない。その気高い夕雲の光りの裡に、直下に彼の心を強いて来るようなものは現われない。言葉を要せずして、ただちに交感を成就するようなものは生れて来ない。絃が絶たれたように、何も鳴らない。[*22]

さらに三島は、次のように書いた。

答は急がれている。勲の心の中で、何かが一時的に蓋を閉じた。蛤《はまぐり》が貝を閉じるように、時に臨んで、いつもあらわに潮にさらしている筈の「純粋」の肉が覆われた。小さな悪の観念が、舟虫のように心の一隅を走りすぎた。こうして必要に応じて蓋を閉めることを、いつどこで覚えたか定かでないが、一度それをやったからには、それは忽ち習慣になるだろう。二度三度とくりかえすうちに、ついにそれは日常茶飯事になるだろう。

勲は嘘をつくとは思わなかった。神が嘘とも本当とも指示なさらぬことを、人間がみだりに嘘と考えるのは僭越だったにちがいない。ただ彼は、鳥が雛に餌を与えるように、早急に何かを与えなければならなかった。

「十二月三日の夜十時だ。一種の御神示だ。それに決めよう。〔……〕」

『奔馬』の主人公勲について、ふつう私たちは、神風連のファナティックな行為の再現を目指す純真な右翼青年だと考えるが、そのような観点から見ると、右は驚くべき内容ではないだろうか。三島はむしろ、その純真さやファナティシズムが穢され損なわれる局面に勲を直面させているのではあるまいか、とも思われる。

金本位制という「擬制」

一つの言葉には意味があり、一つの事象は何事かを象徴している。たとえば、hikariという言葉が光を意味し、その光がきらきらと輝いていれば神々しさを象徴しているというように。宇気比の神事で、ある現象が神意を現わしているというのも、そうした一例である。

しかし言葉—意味、事象—象徴の対応関係は、あらかじめ不変のものとして確定しているわけではない。それは一定の文化構造、社会構造のなかで相対的に規定されてはじめて成り立つものであり、それ自体に生来の根拠があるわけではないのだ。だから、たとえある文化、社会の成員にとって「自然」な関係と見えるものであっても、それはそのように装う「擬制」fictionなのであって、当の文化、社会構造が解体してしまえば、言葉や事象が何を意味し象徴しているか、もはやまったく了解できなくなってしまう（もっと言えば、文化構造や社会構造は、それ自体が「擬制」なのである）。

そうだとすれば、いま問題とすべきは勲の信仰心の希薄さではなく、ミスティックな国学思想を成り立たせる文化構造が、近代化の進展とともに解体しつつあるということである。『夜明け前』の青山半蔵が直面したのも、そのような事態であった。勲が決起の日時を断言するのは、こうした状況に対抗して取られた彼の意志的な選択であり、太田黒伴雄においてさえ、それは既に認められることだと言えるのである。

そして意外とも思われようが、この「擬制」という問題は、勲が敵視し刺殺するに至る当の対象である財界の巨魁・蔵原武介についても同じように指摘することができる。

どういうことか説明しよう。

蔵原は『奔馬』作中で金本位制論者とされているが、実際に一九三〇年（昭和五）、濱口内閣の大蔵大臣として金解禁に踏み切り金本位制復帰を果たしたものの、*23 緊縮財政策により海軍予算を削減したことや深刻なデフレ不況を招いたことが恨みを買って、一九三二年に血盟団事件で暗殺された井上準之助がそのモデルとなっている。

それにしても、金本位制とは何だろうか。元来は「金」そのものを貨幣として用いることだが、実際は「金」の保有量と貨幣（銀行券）の価値が対応関係にある（等しい価値を持つ）と見なすことだ。貨幣との交換に応じるために保有される「金」を正貨と呼ぶ。

だが、「金」が錆びたり腐ったりせず、展性と延性に富み、かつ美しく希少な物質であることから、それ自体に価値のある貴金属とされるのと同様、貨幣そのものに価値があることを示すのが金本位制だと考えるならば、それは誤りである。逆にそれ自体には何ら特別な価値はなく、ただ社会や国家間で流通することによって相対的に価値が付与されるのが貨幣というものであり（紙幣は物質としてはただの紙切れに過ぎない）、ところがこの本質的な無根拠性を隠蔽し、貨幣保有者の経済的な主導権を維持、拡充するために生み出された社会的「擬制」であることが、金本位制の本質なのである。世界中に植民地を獲得した一九世紀の大英帝国によって金本位制が積極的に推進されたのは、こうした理由による。デフレの危険を予知しながらも井上が金解禁を断行したのは、それが当時のグローバル・スタンダードだったからで、『奔馬』作中の蔵原も「正貨準備を十分にして、為替の低落を防いで、国際的信用を博する以外に、日本の世界に生きる道はないのです」[*24]と語っている。

この立場は西洋近代主義的な金融主義に染まっており（事実、井上準之助はＪＰモルガンとの関係が深かった）、勲の右翼思想と対立するように見える。

だが、蔵原と勲の立場がただ単に対立しているだけだと見なすのは、表面的な見方である。

実は第一次世界大戦後、国力の衰えた英国は金本位制を放棄し（一九三一年）、以後の世界の金融環境は大きく変化して、金本位制から管理通貨制度へと移行してゆく。それは、新たな通貨制度ではあるが、貨幣には絶対的な価値は内在しないという点から見れば、貨幣の本質により即した制度だった。歴史的に言えば、英国の金本位制放棄は、第二次世界大戦後のドルを基軸とする固定相場制を経て、やがてアメリカ経済がベトナム戦争によって行き詰まり変動相場制へと移行するに至る過程の起点となった（このことには次章であらためて触れる）。『奔馬』作中でも、新河男爵については、次のように記されている。


一方、新河男爵は、ひたすらロンドンの流行を気にしていたので、去年の九月にイギリスが金本位制を停止したニュースの詳細をロンドン・タイムスで読んでから、その肚は決ってしまった。

若槻内閣は、声を大にして、日本は金再禁止をやるつもりはないと言明し、右翼をおだてて、ドル買いを国賊よばわりさせたけれども、政府が言明するたびに思惑は増すのだった。

新河男爵はさんざんドルの思惑買をやり、逃がすべき金はのこらずスイスの銀行へ逃がしてしまうと、政変による一夜の変転を待つまでもなく、金再禁止によるリフレーション政策の支持者の側へ廻っていたのである。*25

こうした潮流に抗し、蔵原はあくまでも貨幣と「金」が等しい価値を持つと唱えたのだった。ところが、『奔馬』という小説には、どんでん返しが仕込まれており、物語の最後に至って勲の父で右翼団体靖献《せいけん》塾塾頭の飯沼が明かすように、塾は新河男爵の秘かな援助によって運営されており、それどころか、打算と善意の入り混じった気持ちから存分の資金を飯沼に渡して右翼団体から蔵原の命を守るように頼んでいたのも新河男爵なのだった。はじめてそれを知った勲は、深刻な衝撃を受ける。つまり、蔵原自身は金本位制という社会的「擬制」を信じていたかもしれないが、その生命は金本位制など微塵も信じていない新河男爵によって守られ操られているというアイロニーを三島は設けているのである。

このような蔵原の立場は、勲の立場と実はそう遠く隔たっていない。宇気比の神事が言葉―意味、事象―象徴の対応関係によって成り立つ「擬制」であったように、金本位制も貨幣と「金」との対応関係によって成り立つ「擬制」なのだが、そのような「擬制」を成り立たせる文化、社会構造は、いずれの場合でも既に解体しつつあるのである。それにもかかわらず、勲や蔵原は、その「擬制」にすべてを託そうとしている。

この意味では、一見対立しているように見える勲と蔵原は、むしろ相携えて、「擬制」の崩壊を引き起こす近代という時代の趨勢に抗っているのであり、その帰結が、勲による蔵原の刺殺と、勲自身の自刃だった、と言えるであろう。

それは敗北というより、むしろ「擬制」への殉死であり、そしてその自刃の瞬間、勲の瞼の裏側には日輪が赫奕と昇る。先述のように、それはアンドロギュノス的な始原の光景であり、蔵原もわが身を犠牲にして、その成就を助けたと言えるであろう。

こういう形で『奔馬』という小説は時代を捉え、時代を越えるヴィジョンを提示しようとしたのだった。

ホフマンスタールの「近代」

しかし、死を賭した時代超克の試みが本当に成就するかどうかは、まことに予断を許さない。というのも、「擬制」の崩壊というのは、いつ、どこにおいても起こりうる事態だが、これほど徹底的に文化、社会構造の解体が進行したのは、まさしく近代という時代をおいて他にないからだ。この意味で「擬制」の崩壊は、勲や蔵原だけの問題ではなく、近代そのものが内包する不治の病とさえ言えるのである。

先に少し言及したホフマンスタールは、ごく早い段階でこのことを見抜き、それに対処する道を探ろうとした一人である。

ホフマンスタールの『チャンドス卿の手紙』（一九〇二年）では、言葉と意味との対応関係が失われ、語り手であるチャンドス卿にとって世界が崩壊してゆくさまが描かれる。

むかし、この小指の皮膚の一片を顕微鏡で見たとき、それが溝や凹地のある平原のように見えたことがありますが、いまや小生にはさまざまの人間や彼等の行為がちょうどそのように見えたのであります。小生にはそれらを習慣の単一化する眼で見ることが、もはやできなくなってしまったのです。あらゆるものが部分に解体し、その部分がまた部分にわかれて、もはや一つの概念でつつめるものは何ひとつなくなってしまいました。個々の言葉が小生の周囲にただよい、それらは凝結して小生をじっと見つめるところの、そして小生がまたじっとそれに見入らざるを得ない眼となったのでした。それらはまた、覗くと眩暈《めまい》のする渦巻でありあります。絶えずくるくると廻転し、それを突き抜けると虚無にまで達する渦巻なのでありま す。[*26]

先に、『鏡子の家』における青木ヶ原樹海の場面で世界崩壊体験を描く際に、三島はホフマンスタールを参照していることを指摘したが、ここまでの考察を踏まえて再確認できるのは、戦後日本における「何も起らぬといふことの可能性」、言い換えれば意味という意味を吸い込むブラックホールの病は、単に戦後日本を蝕むだけのものではなく、やはり国境を越えた近代それ自体の問題であった、ということであろう。

『暁の寺』の創作ノートに見える「何も起らぬといふことの可能性」に関する記述を最初に取り上げた際、私はそれを、「東西冷戦という緊張関係、およびその国内的反映である日本の五五年体制下において、逆に状況が身動きできぬほど固着してしまい、結果的に戦後日本は、もはや大きな変革など決して期待できない空虚で無力なものになってしまった」ということの兆候として問題にした。後には、「その淵源には、根源的な生命力の切断があった」として、これを天皇の死という問題と結びつけた。いまこれをさらに拡張して、近代という時代それ自体の問題として理解しようとしているわけである。

ここに議論の飛躍があるように見えるかもしれないが、そうではない。というのも、近代とはさまざまな「擬制」が崩壊してゆく時代であり、ところが「擬制」がなければ私たちの生は無秩序状態に陥って、生としての力を失うからである。

ここでさらに、私の考えを予告的に記しておきたい。それは、近代という時代が必然的に引き起こす文化、社会構造の解体は、ある時点で一つの極点に達し、その影は、以後の一切の時空間を覆いつくしてきたのではなかろうか、ということである。

その極点とは何だろうか。

この問題は第3章で扱うが、総力戦としての第二次世界大戦の惨事、とりわけ原爆投下とアウシュヴィッツ強制収容所における大量殺戮こそ、近代化の極点として、以後の時空間に長く深い影響を及ぼし続けてきたのではないか。この大量殺戮を一極点として、ホフマンスタールがあらかじめ捉えていたような近代の問題と、五五年体制の日本で顕在化する問題とが、互いを映し合っていると見ることもできる。勲―蔵原や清顕が抗い、三島その人もまた戦ったのは、このような意味での近代なのであった。

3　日本文学史のなかの唯識

鷗外と唯識

以上の考察から、『春の雪』、『奔馬』、『暁の寺』のいずれもが、近代という時代の全体を捉え描く作品であることが明らかになってきた。一方、先述のように、三島にとって唯識の思想は、脈絡や構造的美観の欠如にもかかわらず、『暁の寺』という作品を完成へと導く原理であった。

いま、『春の雪』、『奔馬』についても考察を深めた段階で、三島にとって唯識思想とは何だったのかということをあらためて考えてみたい。実を言うと、例こそ少ないが、三島以前にも唯識に深い関心を寄せた日本の文学者がいる。そして、そうと知ることなく、三島はたまたま、その作者の作品に並々ならぬ関心を示していた。この点に注目しつつ、唯識に対する三島の考え方を再検証することにしよう。

一人は森鷗外である。「うたかたの記」「文づかひ」以降、鷗外は小説家として沈滞期にあり、陸軍軍医として近衛師団軍医部長および軍医学校長に就いていた実生活においても、一八九九年（明治三二）、小倉の第一二師団軍医部長の職に任じられるが、これは明らかな左遷であった。しかし、翌一九〇〇年、鷗外は小倉安国寺の住職・玉水俊虠《しゅんこ》を知り、唯識と西洋哲学の交換講義を始めることになる。二人の間柄はまことに親密で、一九〇二年に鷗外が第一師団軍医部長として帰京すると、俊虠は安国寺を人に譲って東京に移住したほどであった。やがて鷗外は唯識について学んだその成果を、「中央公論」（一九一〇年〔明治四三〕四月）誌上に発表する。一幕物の戯曲「生田川」である。

「生田川」は、二人の男に求愛された娘がみずから命を絶ち、男たちも続けて死んだという菟原処女《うないおとめ》の伝説に材を得ている。鷗外はこれを次のように脚色した。どちらの男性を選ぶか決めかねた娘に対し、母親が一計を案じ、一羽の鵠《くぐい》（白鳥）を射た男を婿に迎えることにする。母娘が窓辺で見ていると、思いがけないことに二人の男は同時に鵠を射当て、矢が刺さった鵠を間にして、舟上でいつまでも凝然としている。するとそのとき、戸口に托鉢の僧が現われ、何か経文を唱え出す。娘は男たちの様子を見てくると言って舞台左手に消え、続いて母も娘の後を追うところで幕となる。だから、娘や男たちの死は描かれない。

いま、経文と言ったが、実際には先に紹介した『唯識三十頌』から選ばれた文言である。僧が唱える最後の文言は、以下のようだ（二八頌の後半と二九頌の前半）。

爾時住唯識　離二取相故　無得不思議　是出世間智[27]

書き下すなら、「爾《そ》の時に唯識に住す。二取の相を離れたるが故に。無得なり、不思議なり。是れ出世間の智なり」となる。真理に至ると唯識の本当の意味を了解するようになるが、それは主体・客体、主観・客観といった二元分裂を超越するからである。こうして外界の対象を実体として捉えることがなくなると霊妙なる智慧が働き、この世の煩悩を離れて解脱へと向かう、というのが大意である。[28]

このように『唯識三十頌』を織り込んだ趣意はどこにあるのだろうか。鷗外自身は、「見物は余り短くて呆気ないといふかも知れないが、此のゆつたりして呆気ないといふうちに、何か一つの印象を与へる事が出来れば、それで好いと思ふのだ」[29]（「新脚本『生田川』について」）と言うのみで多くを語らない。唯識との関係についても、一言も述べていない。

だが、同じ伝説に基づく『大和物語』所収の話や謡曲「求塚《もとめづか》」では娘も男たちも死に、特に「求塚」では娘が死後地獄に堕ちて悶え苦しむという設定であることを考えると、業を断ち切ることのできない人間の苦しさ悲しさに対して、唯識の教えを対置した鷗外の意図もおのずと浮かび上がってくるようだ。僧が唱える文言の内容に従うなら、男たちにとっての娘も、娘にとっての男たちも、いずれも幻に過ぎないと知ることにより、彼らは死ではなく、悟りに近づくであろう。本当に解脱を得るのか、その命運は劇中で示されないが、少なくとも超俗への可能性を示す方向に開いたまま、舞台は幕となる。

仮にこの経緯を、鷗外自身の作品史に重ねるなら、どうなるだろうか。過去の自作では（『舞姫』のみならず「うたかたの記」「文づかひ」においても）、いずれも恋愛の成就を願う思いは、逆に不幸な、あるいはおぞましい結末に帰着してしまった。そうした結末を超越し乗り越えようとするモチーフを、ここに読み取ることができるであろう。

京極為兼と『玉葉和歌集』

文学史をはるか遡ってゆくと、もう一人唯識から大きな影響を受けた人物に出会う。天皇の系統が二つに分かれた鎌倉末期に、持明院統に近く自由で型破りな表現を好んだ歌人・京極為兼（一二五四年〔建長六〕—一三三二年〔元弘二＝元徳四〕）だ。為兼は早くから庶流の苦渋を切実に味わったという、長じて後もたびたび周囲と衝突、政治的にも失脚して二度も配流されている（佐渡と土佐）。だが歌人としては、大覚寺統に近く旧来の枠組みを重んじた二条為世に対抗し、伏見院の命により『玉葉和歌集』（一三一三）を編んだ。ちなみに犬猿の仲だった二条派の為世、京極派の為兼はともに定家の曽孫である。

『玉葉集』から二首紹介しよう。いずれも京極派を代表する自由な表現による清新な叙景歌である。

枝にもる朝日のかげのすくなさに涼しさ深き竹のおくかな
山もとの鳥の声より明けそめて花もむらむら色ぞ見えゆく

最初の歌は為兼秀歌随一に挙げてよいもので、「五句すべて二十一代集に他の用例皆無、特に『朝日のかげの』以外は句の性格としても全く新奇であり、為兼自身の作中にも、勿論現存詠に限っての事であるが、類似の発想のものさえ見当らない。当然、典拠となる古歌もない」[*30]と評されている。二首目は為兼に師事した永福門院《えいふくもんいん》（一二七一年〔文永八〕—一三四二年〔興国三＝康永元〕）の歌で（彼女は伏見天皇の中宮となり、天皇の譲位により永福門院の院号を贈られた）、ここでも「花もむらむら」というような、やはり他に例のない印象的な一句により、作の雰囲気が迫真的に盛り上げられている。[*31]ちなみに、これが夜明けの時の移ろいを現わす叙景歌だとすれば、同じ永福門院の「花の上にしばしうつろふ夕づく日入るともなしに影消えにけり」は、暮れ方の時の刻みを捉えた叙景の秀歌と言えよう。

ところで、為兼は法相宗大本山である興福寺の実力者だった僧・実聡《じっそう》をいとこに持つが、為兼の作歌の背景には、彼が実総から学んだ唯識の思想があったと考えられている。それは、為兼三〇代前半の作と言われる歌論『為兼卿和歌抄』からも確かめることができる。

花にても月にても、夜の明け日の暮るるけしきにても、その事に向きてはその事になりかへり、そのまことをあらはし、それにつきて我が心の働くやうをも、心に深くあづけて、心に言葉をまかするに、興有り面白き事、色をのみ添ふるは、心を遣るばかりなるは、人のいろひ、あながち憎むべきにもあらぬ事なり。言葉にて心を詠まむとすると、心のままに言葉のにほひゆくとは、かはれる所あるにこそ。*32

先述のように、唯識の考えによれば、外界に実在すると思われる現実は心から生み出された幻に過ぎないのだが、逆に言えば、心に浮かぶ景を素直に眺めてこれを言葉で表現すれば（我が心の働くやうをも、心に深くあづけて、心に言葉をまかする）、これを確かな現実へと変貌させることができる、ということでもある。それは、枕詞、縁語掛詞、歌枕、本歌取りといった旧来の修辞に従う（言葉にて心を詠まむとする）だけの歌より、はるかに優れている。為兼は、大略こういうことを言っている。反対派から浴びせられた厳しい非難に対して、彼はこのように唯識の所説を踏まえて挑み、新たな歌風を切り開いたのだった。つまり京極派を特徴づけるとされる自然詠の叙景歌は、単に実景をそのまま写しただけのものでも、伝統的な修辞を繰り返しただけのものでもなく、むしろ歌を詠む者の心から発し、自由な言語表現によって生み出されるものなのである。

鷗外を越えて

いま、二つの例を挙げたが、「生田川」や京極派の歌風に唯識が影響を与えていることは一般には知られておらず、三島存命中にこのことに言及した文献は皆無であった。[*33] 従って、『豊饒の海』執筆にあたり、唯識に関心を持った文学上の先人があったことを三島が意識していたとは考えられない。

しかし三島は、自身の創作活動に関わりのあるものを明敏につかみ取る直感の持ち主であった。その直感の導くところ、三島は図らずも「生田川」にも為兼にも、早くから注目していたのである。「生田川」に関して言えば、三島は早くからこの戯曲を愛好していたといい、[*34]『豊饒の海』を具体的に構想し始める直前の一九六三年（昭和三八）にも、優れた戯曲の一つとして「生田川」を挙げている。[*35] 僧の唱える経文が『唯識三十頌』であることにも、それが意味する内容にも、三島は無自覚だったと思われるが、伝説に材を得た娘をめぐる俗世の人間劇と、経文が指し示す超俗の世界とを対置する構造に、劇としての大きな魅力を感じたのであろう。それは効果的な作劇術として、三島の心を捉えたのである。

この観点から考えると、『春の雪』の最後の場面で、病に倒れた清顕に代わって月修寺を訪ねた本多に向かい門跡が唯識の教理を語る場面には、幕切れ直前に『唯識三十頌』の詩句を置いた「生田川」の劇構造の反映を見て取ることができる。先に指摘したように、『春の雪』の時点では、本多は何一つ了解することはなかったが、門跡の語りは以下のようであった。難解な仏教用語の多い長い引用になるが、少し我慢して目だけ通していただければと思う。

さて、法相宗月修寺の根本法典は、唯識の開祖世親菩薩の「唯識三十頌」であるが、唯識教義は、縁起について頼耶縁起説をとり、その根本をなすものが阿頼耶識である。そもそも阿頼耶とは、梵語ālayaの音表で、訳して蔵といい、そのなかには、一切の活動の結果である種子を蔵めているのである。

われわれは、眼・耳・鼻・舌・身・意の六識の奥に、第七識たる末那識、すなわち自我の意識を持っているが、そのさらに奥に、阿頼耶識があり、「唯識三十頌」に、

「恒に転ずること暴流のごとし」

と書かれてあるように、水の激流するごとく、つねに相続転起して絶えることがない。この識こそは有情の総報の果体なのだ。

阿頼耶識の変転常ならぬ姿から、無着の「摂大乗論」は、時間に関する独特の縁起説を展開した。阿頼耶識と染汚法の同時更互因果と呼ばれるものがそれである。唯識説は現在一刹那だけ諸法（それは実は識に他ならない）は存在して、一刹那をすぎれば滅して無となると考えている。因果同時とは、阿頼耶識と染汚法が現在の一刹那に同時に存在して、それが互いに因となり果となるということであり、この一刹那をすぎれば双方共に無になるが、次の刹那にはまた阿頼耶識と染汚法とが新たに生じ、それが更互に因となり果となる。存在者（阿頼耶識と染汚法）が刹那毎に滅することによって、時間がここに成立している。刹那々々に断絶し滅することによって、時間という連続的なものが成立っているさまは、点と線との関係に

たとえられるであろう。……

――次第々々に本多は、門跡のお説きになる深淵な教義に、身を引き入れられるように感じたが、場合が場合とて、彼の究理的な精神は動き出さず〔……〕さまざまのわかりにくい思想に疑問を呈して、お教えを仰ぐ心のゆとりもなかった。それに、門跡のお言葉の一トくさり毎に、「さいでございますなあ」「さいでいらっしゃいますな」「さいでございますわな」などといちいち打つ一老の相槌《あいづち》のうるささに心を苛立《いらだ》たせられ、今は門跡の挙げられた「唯識三十頌」や「摂大乗論」の書名のみを心にとどめ、他日ゆっくり研究して、その上で疑問を質《ただ》しに伺えばよいのだと思ったりした。そして本多は、門跡の仰言《おっしゃ》るそういう一見迂遠《うえん》な議論が、現在の清顕や自分たちの運命を、あたかも池を照らす天心の月のように、いかに遠くから、又いかに緻密に、照らし出しているかに気づかなかった。[*36]

引用前半の「この識こそは有情の総報の果体なのだ」というところまでは法相唯識の基本を述べたもので、[*37]その主旨をあらためて敷衍するならば、私たちの心の奥には阿頼耶識と呼ばれる根源的な心があり、それはそれまでのすべてのデータが書き込まれたハードディスクであると同時に、新たな何かを生み出すソフトウェアでもある。そして、絶えず更新されアクティブな状態にある、ということである。

話が複雑になるのは引用後半の「阿頼耶識の変転常ならぬ姿から、無着の『摂大乗論』は、時間に関する独特の縁起説を展開した」以下である。ここで縁起説とは、世界の成り立ちを因果関係によって説明する理論を言う。この部分において、先にも述べた阿頼耶識と呼ばれる心と、その心が生み出すすべての「法」＝「存在」（実は幻の像なのだが）との関係を説く、「阿頼耶識と染汚法の同時更互因果」という考え方が、はじめて明確に述べられるのだが[*38]、この段階では作中の本多同様、読者である私たちもまだ真義をつかむことができない。右の引用を読んでも、その意味するところがのみ込めず、まさに「心を苛立たせられ」るばかりかもしれない。

だが、それゆえにこそ、この部分は『豊饒の海』の第二巻以降を読み進めてゆく上での起爆力を秘めた伏線となっている。この観点に立つと、『豊饒の海』における唯識の意味が、一段と明瞭に見えて来るだろう。「生田川」では、恋を捨て去り凡夫が超俗する可能性を暗示するところで作品は終わってしまった。だが、唯識に対する三島の扱い方は、これとは異なる。むしろ、恋（煩悩）―解脱という対立関係の図式を越えて、唯識思想がより大きな原理であり世界観でもあるものとして展開する可能性を第二巻『奔馬』以降に託すところで、三島は『春の雪』を書き終えたのである。『舞姫』と『春の雪』とを比較する際にも言えることだが、三島は鷗外の作品世界の一段先へと、歩みを進めているのだ。

「三熊野詣」

一方の為兼の歌風だが、これについても、三島は早くから高く評価していた。それをはじめて詳述したのは、日記体の評論『小説家の休暇』の一九五五年（昭和三〇）七月一七日の項である。

そこで話題になるのは為兼よりもむしろ永福門院なのだが、三島は彼女を「最後の古典時代の女流歌人[*39]」と絶賛し、「大ざっぱな言い方をすると、古今集の時代には、歌人の信奉した諸観念、月、雪、花、恋、春、秋、などの諸観念は、外界の秩序との間に、完全なコレスポンデンスを保っていた。新古今集の時代になると、外的秩序の崩壊、あるいは崩壊の予感の前に、歌人はこうした観念の実在性をも疑わざるをえなくなり、言葉それ自体の秩序のなかへ逃げ込んだ。定家は言葉をさまざまにたわめて見せ、詩語による観念世界の自律性を立証した。しかし永福門院にいたって、外的秩序も内的情熱も死に絶えた。彼女は一つの世界の死のなかに生き、その世界の死だけを信じた。この風景画には人物が欠けている」とも言っている。

これだけだとわかりにくいかもしれない。だが、後年の『日本文学小史』（一九六九年―一九七〇年）で先に引いた「山もとの鳥の声より……」の歌を取り上げて、「ここにわれわれが感じるものは、思想でもない感情でもない、論理でもない、いや、情緒ですらない、一連の日本語の『すがた』の美しさではないだろうか[*40]」と述べているのを勘案すると、三島が言いたいのは大略、次のようなことだと推し量られよう。

つまり、和歌を育んだ平安朝文化は既に滅び、それに伴って人間の内面感情も言語の修辞体系も衰亡したように見えるが、永福門院は独自の詩語を駆使することによって、類まれな王朝和歌を成立させた。そのことによって、たとえ平安朝文化が死に絶え、やがて京極派も滅んだとしても、逆に、日本語による文芸、文化は、いっそう研ぎ澄まされた形で引き継がれる。三島は「為兼の歌論の実践として撰出された玉葉集は、次の室町時代にいたって、世阿弥の詞章にまで影響を与えた。玉葉の歌人たちは、かくて万葉以来の歌道の歴史と、謡曲のふしぎなアラベスク的文体とをつなぐ橋なのである」[*41]とも言うが、実際、京極派の歌風が世阿弥に影響を与えていることは小西甚一らによって指摘されている。[*42]

さらに三島はこのテーマを、折口信夫をモデルとする老国文学者の歌人（作中では藤宮先生と呼ばれ、古今伝授の研究で名高いとされている）[*43]の熊野旅行に、歌を学びながら身辺の世話をする寡婦（常子）が付き従うという設定の「三熊野詣」（一九六五年）において、一段と深く追究した。これは『豊饒の海』起筆直前に発表されたもので、高齢の歌人を意地悪く描写することによって折口を揶揄するとともに、人みな逃れることができず、三島自身にも迫りつつある「老い」の醜さ、おぞましさを描いた作品だが、寡婦の常子に着目すると、また別の物語が立ち上がってくる。というのも、作歌に行き詰った常子は、旅に同行しつつ永福門院に倣い、やがて自在な歌境に目覚めるのだが、一方老歌人については、次のように記されているからである。

この争い（二条派と京極派の争い――著者注）は、結局旧派の二条派の勝利に帰して、そこに古今伝授が完成されるのであるが、藤宮先生の研究は当然二条派を中心にして進められつつ、先生御自身は京極派に同情的であることを否めない。

むかしの宮廷のこういう陰湿な争い、そこからむりやりに作り出された神秘的な権威、そういうものにそもそも先生が興味を持たれたのは、何が端緒であるか知る由もないが、先生の中にも二つの矛盾する要素があることも確かである。一方では滅びゆく京極派に同情しながら、一方では御自分をますます神秘的に権威づけてゆくことに努められ、学問や芸術の争いも、結局私利私慾の争いだという研究に一生を捧げながら、美しく悲哀にあふれた歌を沢山作ってもおいでになった。[*44]

三島はここで、心情的には京極派に近い存在でありながら二条派の系譜に連なろうとする藤宮先生の矛盾した姿勢を理解しつつ、しかしむしろ歌を詠めないという絶望から再出発して永福門院風の歌境へと近づく常子に、自分を重ねようとしているとは言えないだろうか。

ところで、先にも引いた『「豊饒の海」について』というエッセイの冒頭で、三島はこのように言っている。

小説「豊饒の海」の第一巻「春の雪」を書きはじめたのは、昭和四十年六月のことであるから、四年も前になる。それを書きだしたころ、短篇小説集「三熊野詣」を出したが、その跋文の中で「この短篇集は私の今までの全作品のうちでもっとも頽廃的なものだ」と自註しているほどであるから、「春の雪」を書く前の私が、いかに精神的な沈滞期にあったかがわかる。しかしそれも、長い作品にとりかかる前の心の不安にすぎなかったのかもしれない。*45

右の引用を踏まえるなら、絶望から立ち上がって再び創作に向かおうとする常子の姿には、戦後高度経済成長下の状況にまったく自足できず、同時代に対するアイロニカルな作品として『春の雪』を書き始めた三島その人の姿が重なっていることが浮かび上がって来る。*46

そうだとすれば、京極派においては作歌のための理論の役割を担った唯識の考え方は、三島にとっては、そう意識こそしていなかったものの、自身の創作活動の方向性を導く指針の役割をも果たしていたわけである。

髑髏の水

以上の考察から『豊饒の海』執筆前の三島は、唯識と知らずして、既に独自の形で唯識の世界にアプローチしていたことがわかる。このことは、戦争中に記された詩「夜告げ鳥」や「二千六百五年に於ける詩論」に示された世界観、死生観とともに、『豊饒の海』の執筆に際して三島が唯識思想に深く関わるに至るための前提となった。

ところで、『豊饒の海』において、最初に唯識が話題となるのはどの箇所かと言うと、『春の雪』冒頭近く、「世界の秘鑰」に関するエピソードに先立つところである。既に見たように、友人の本多が清顕の屋敷を訪れたちょうどその日に、聡子や月修寺の門跡も紅葉を楽しむために松枝邸の庭を訪れるのだが、庭の滝で黒い犬が死んでいるのが発見される。その犬の供養の際に、門跡は唯識に関する法話を話すのである。それについて本多は後に、清顕に向かってこう語った。

御門跡のお話は、むかしの唐の世の元暁《がんぎょう》という男についてだった。名山高岳に仏道をたずねて歩くうち、たまたま日が暮れて、塚のあいだに野宿をした。夜中に目をさましたところ、ひどく咽喉《のど》が渇いていたので、手をさしのべて、かたわらの穴の中の水を掬《むす》んで飲んだ。こんなに清らかで、冷たくて、甘《うま》い水はなかった。又寝込んで、朝になって目がさめたとき、あけぼのの光りが、夜中に飲んだ水の在処《ありか》を照らし出した。それは思いがけなくも、髑髏《どくろ》の中に溜った水だったので、元暁は嘔気《はきけ》を催おして、吐《もど》してしまった。しかしそこで彼が悟ったことは、心が生ずれば則ち種々の法を生じ、心を滅すれば則ち髑髏不二なり、という真理だった。

しかし俺に興味があったのは、悟ったあとの元暁が、ふたたび同じ水を、心から清く美味しく飲むことができたろうか、ということだ。純潔もそうだね。そう思わないか？*47

先に引いた「相手の女がどんな莫連だろうと〔……〕」以下は、実は右の引用に続く部分なのである。

新羅の華厳宗の僧・元暁（六一七年―六八六年）に関するこのエピソードはよく知られているが、

齋藤唯信はその著『仏教学概論』においてこれを唯識の教えを伝える挿話として紹介しており、[*48] 三島は同書に依拠してこの箇所を執筆している。とはいえ、「しかし俺に興味があったのは〔……〕」以下、清顕が「実は本多とはちがって自分こそ、生れながらに世界の秘鑰を握っていると感じていた」に至る筋の運びは、もちろん三島の独創である。

単純に考えると、ここで三島は仏教本来の教えを、仏教とは無関係な方向に捻じ曲げてしまったように見えるかもしれない。しかし、そう捉えるのは適切ではない。

「俺に興味があったのは、悟ったあとの元暁が、ふたたび同じ水を、心から清く美味しく飲むことができたろうか、ということだ」という本多の問いは、むしろ、超俗を説く唯識の教えと、それと一見対立するように見える恋愛の物語とをつなぐ結び目であり、三島はさらにこれを昇華させ、唯識を一段と深く大きい思想として展開してゆくための種を、早くも蒔いているのである。

4　バルザック──プルースト──バルガス＝リョサ

二葉亭四迷とベリンスキー

こんにち、世界文学という概念が注目を集めている。それは日本文学に対する世界文学ということではない。各国語の境界を越えて、人類の営みとして地球上に展開する文学と言えばよいだろうか。そこでは日本語による小説も、英独仏露西語、中国語、あるいはいわゆるマイナーな言語による小説も、原語のままで、あるいは翻訳という形で、一つの大きな地平のなかで一緒に読まれ、論じられる。私は『豊饒の海』という作品を、あらためてこのような意味での世界文学史上に位置づけてみたいのだが、まずは本書で既に言及したものの、まだ充分に論じていない問題の一つとして、二葉亭四迷の小説観について再検討してみることにしたい。

あまり指摘されることはないが、三島由紀夫と二葉亭四迷との間には、いくつもの共通点がある。ロシア文学の翻訳を通じて言文一致の新たな日本語文体を生み出した二葉亭に対し、近代日本語による小説文体を他に真似のできない形で洗練し、日本文学が英語、フランス語など諸外国語へと翻訳される動きの先駆けとなった三島は、外国語から日本語へ、日本語から外国語へ、という方向は正反対のように見えるが、いずれも自分の作品を日本という文化圏に留まらない視点から位置づける視野と感性を備えた作家であった。それは彼らの卓抜した文学的才能に裏打ちされたものであったが、ともに狭義の文学の世界に飽き足らず広大な領域で活動し、結果として、一般的な文学者らしからぬ死を迎えることになる。朝日新聞特派員としてロシア赴任した二葉亭は肺炎、肺結核におかされ、帰国途中のベンガル湾上で死去したが、享年は三島と同様四五歳であった。

この二葉亭が「小説総論」において「意」＝「アイデア」＝「虚相」を重視する小説論を展開したことは先述の通りである。この発想が、ロシアの文芸批評家ベリンスキー（一八一一年―一八四八年）に多く依拠していることもよく知られている。

二葉亭は、「美術の本義」と題してベリンスキーの未完論考（一八四一年。一般に「芸術の理念」[*49]と呼ばれている）を訳した際、冒頭の一文Искусство есть *непосредственное* созерцание истины, или мышление в *образах*.[*50]を、「美術は真理の直接の観察、若くは形像中の意匠なり」[*51]とした。ちなみに"The Idea of Art" と題された英訳文ではArt is the *immediate* contemplation of truth, or a thinking in *images*.[*52] これはヘーゲル美学を踏まえて美術（芸術）について一般論的に規定したものだが、その内容を小説創作者の立場に立って換言したのが、「小説総論」における、「摸写といへることは実相を仮りて虚相を写し出すといふこと」、「偶然の形の中に明白に自然の意を写し出さんこと」という主張だと言うことができる。その場合、「真理」истины は「虚相」「意」と、「形像」образах は「実相」「形」と、それぞれ対応するであろう。

もっとも、二葉亭のベリンスキー理解の正確さについては、以前から問題視されている。「芸術の理念」の一節を原文、二葉亭訳、参考のために英訳の順に掲げてみよう。

> Точка отправления, исходный пункт мышления есть божественная абсолютная идея; движение мышления состоит в развитии этой идеи из самой себя, по законам высшей（трансцендентальной）логики или метафизики; развитие идеи из самой себя есть ее прохождение через собственные моменты,— как мы покажем это ниже самим примером.[*53]

意匠の由て生ずる所のものは真理なり。最上（含有）論理法若くは形而上学に拠て、自ら真理を生ずるは意匠の事なり。自ら真理を生ずるとは真理の独生（其固有の時間を経過して発達する事）するを云ふ事、下に例を掲げて以て説明する所の如し。[*54]

The starting point of thought is the divine absolute idea; the movement of thought consists in the growth of this idea from within itself in accordance with the laws of higher (transcendental) logic or metaphysics; the evolution of thought from within itself is its passage through its own moments, as we shall demonstrate later on by example.[*55]

ここで二葉亭はистиныではなくидея（およびидеи=ideas）にも「真理」の訳語をあてているが、божественная абсолютная идея（divine absolute idea、神の絶対的ィデア）に対しても、божественная абсолютная（divine absolute）の部分を略して「真理」と訳している。そして、そのидея（идеи）が「契機を媒介として展開すること（著者訳）」ее прохождение через собственные моментыについては[*56]、「真理の独生（其固有の時間を経過して発達する事）」と訳しているが、これではмоментыという語が含意する、弁証法的な展開を構成する局面、という趣意が充分に反映されない。

こうした点を捉えて、二葉亭はベリンスキー理論が依拠するヘーゲル哲学や、背景に潜むキリスト教神学的な世界観を充分に理解せずに誤訳し、もしくは受け入れることができなかったとする見方がある。事実二葉亭自身、ベリンスキーについて「ヘーゲルの哲学が分らんから、よくは分らんが」と坪内逍遙に漏らしていたという。*57

だがこれについては、別様に考えることもできる。西洋から遠く離れた文化圏が、従来触れることのなかった思想と直面すれば、必ず矛盾と軋轢が引き起こされるだろう。二葉亭はまさにこの矛盾と軋轢のなかから新たな価値体系を生み出そうと格闘しているのであり、それは文化のダイナミックな生成過程そのものなのだ。

実を言えば、これはヘーゲルと出会ったベリンスキーもまた体験した事態であり、もっと言うなら、ヘーゲルの思想自体が、近代化の進行過程で必ず起こる衝突、葛藤のなかから生み出された新たな価値体系でありヴィジョンなのである。

右の文脈においては、ヘーゲルも二葉亭も同種の課題に時と場所を隔てて異なる方法で答えようとしていたことになる。二葉亭はヘーゲルの影響を受けたが、その思想を充分に理解できなかったなどとして、二葉亭をヘーゲルの下位に位置づける必要はないのだ。

森鷗外とハルトマン

とはいえ二葉亭にとって、それはまことに苦渋に満ちた過程であった。透谷によって唱えられた「恋愛」が明治期の日本においてそのままの形では成就しなかったことも、二葉亭をはじめ日本近代文学の先駆者たちの「小説」創作の試みがことごとく深刻な困難に直面したという事実も、すべてこのダイナミックな価値創造過程の容易ならぬ足取りとして理解できる。

これを、鷗外の『舞姫』に即して確かめてみよう。『舞姫』は鷗外の個人的な体験に基づく作品ではあるが、二葉亭や透谷が自身の作品において「意」＝「アイデア」＝「虚相」や「想世界」を表現し辛かったのと並行する事情を指摘できるのである。

二葉亭にとってのベリンスキーに相当する存在を鷗外の場合に挙げるならば、ドイツの思想家エドゥアルト・フォン・ハルトマン（一八四二年―一九〇六年）である。鷗外が坪内逍遙との「没理想論争」でハルトマンに多く依拠し、また後年の「妄想」（一九一一年〔明治四四〕）において繰り返しハルトマンに言及していることはよく知られている。

先学の調査によれば、鷗外がハルトマンの原著を直接手に取って読み込んだのは一八九〇年〔明治二三〕以降とされている。[*58] これが正しいとすれば、『舞姫』の初出は明治二三年の「国民之友」新年附録なので、原著を通じてハルトマンが『舞姫』に直接影響を与えたとは考えにくいことになる。だが、その時点でシュヴェーグラー『西洋哲学史』一八八七年改版にケーベルが書き加えた「ハルトマン」の項目に目を通していた鷗外は、既にこの思想家に一定以上の関心を寄せていた。たとえば、ハルトマンはショーペンハウアー主義者であると同時にヘーゲル主義者でもあるという趣旨のことをケーベルが記したページの余白には、鷗外自筆の次のような書き込みがある。

これはハルトマンの言う「精神」には、ショーペンハウアーにおける「意志」ないし「現実的なもの」のみならず、ヘーゲルにおける「理性」ないし「理想的なもの」という面もあることを意味するであろう。事実、ハルトマンの『無意識の哲学』（一八六九年）には次のようにある（著者訳）。

Hartmanische=Geist < Wille — Schopenhauer — Reales
Hartmanische=Geist < Vernunft — Hegel — Ideales *59

> 論理的なるものは、世界という動的過程を、もっとも賢明な方法で可能な限り最大の意識の発展という目標にまで導いてくれる。そこでは意識が充分に目覚め、あらゆる現世欲は消去され、世界という動的過程は動きを止める。その過程が続いてゆくような、いかなる余地も残らないのである。
> だから、論理的なるものは世界を考え得る限り最善のものと化すのだが、それはすなわち救済の訪れる世界であり、苦悶が無限に続くような世界ではない。*60

一般にハルトマンはショーペンハウアーの影響を受けたペシミストと言われ、後年に鷗外が著わした「妄想」でもそのようなハルトマン観が示されるが、右の引用を見る限り、最終的には意識

（精神）の発展というヘーゲル的な世界観（弁証法的論理学）によって、ショーペンハウアー的なペシミズムが乗り越えられるというヴィジョンをハルトマンが抱いていたことが伺われる。そしてこのことを、鷗外も早くから認識していたに違いない。

だが、このヴィジョンはエゴイズムゆえに不幸な結末に至る『舞姫』の作品世界に反映していないし、強いて反映させようとしても、その表現は困難を極めたに違いない。というのも、ハルトマンの世界観においてヘーゲル的な救済に至ることは、先の引用での語り口とは裏腹に誰にとっても容易なことではなく、人はむしろそれ以前の段階（ショーペンハウアー的苦悩の段階）で苦しみ続けるものだからである。

この観点から見れば『舞姫』は、自身の個人的な体験を救済の場面へと昇華することが叶わず、逆にショーペンハウアー的なペシミズムの世界に徹しようとした作品と見なすこともできる。鷗外は『無意識の哲学』を読んだ上で、意図的に『舞姫』をそのように構成したとは言えないかもしれないが、出来上がった作品をそう解釈することはできるのである。

これに対して先述の「生田川」では、ヘーゲル的救済への方向性を暗示するところで幕となっている。

ヘーゲルとバルザック／スコットと逍遙

『豊饒の海』という作品から話がそれたように見えるかもしれないが、決してそうではない。従来の研究では三島の強烈な個性や死の衝撃が呪縛となって、作品との自由な出会いが妨げられてきたが、『豊饒の海』を日本文学史上に、そして世界文学史上に適切に位置づけるということも、ほとんどなされてこなかった。しかし、この作品の真価を知るためには、そのような大きな文脈のなかで考えてゆくことが不可欠であり、もう少しこのまま議論を続けてゆきたい。

以上の考察からわかるように、二葉亭や鷗外の文学的試行の背景にはヘーゲルの姿を認めることができる。それは、近代小説の祖とも言えるバルザック（一七九九年―一八五〇年）の姿を認めることができる、ということでもある。なぜなら、ルカーチが言うようにバルザックの世界はヘーゲルの世界と類似の構造を持っているのであり、*61 ただヘーゲルの場合にはまず体系があってそれが個別に語られるのに対し、バルザックにおいては個々の物語がまずあってそれが体系化される*62という違いがあるに過ぎないと言えるからだ。

しかしそれは、二葉亭や鷗外の作品においてバルザックが直接的に引用されているとか、そこでバルザックの世界観が体現されている、ということではない。逆に、日本文学においてバルザック的世界を体現することが、いかに困難であるか、ということを意味している。そもそもバルザックは、日本近代文学が容易に受け入れないものであった。二葉亭の「小説総論」に先立って、小説の本質論、方法論を説いた坪内逍遙の『小説神髄』（一八八五年〔明治一八〕―一八八六年）にバルザックの名が見えないことは、これを象徴している。逍遙の西洋文学の知識・教養の源泉はフランス文学ではなくイギリス文学なので無理からぬことではあるのだが、これに関連して、少し触れておきたいことがある。

『小説神髄』の趣意は戯作性や勧善懲悪主義を排し、写実を重んじる文学の自律性の提唱することにあり、「小説の主脳は人情なり、世態風俗これに次ぐ」[*63]という一文がよく知られている。ここで言われる小説とはどのようなものなのか。それは、「小説の変遷」の章の冒頭に簡潔に記されている。

小説は仮作物語《つくりものがたり》の一種にして、所謂奇異譚の変体なり。奇異譚とは何ぞや。英国にてローマンスと名づくるものなり。ローマンスは趣向を荒唐無稽の事物に取りて、奇怪百出もて篇をなし、尋常世界に見《あら》はれたる事物の道理に矛盾するを敢て顧みざるものにぞある。小説すなはちノベルに至りては之れと異なり。世の人情と風俗をば写すを以て主脳となし、平常世間にあるべきやうなる事柄をもて材料として而して趣向を設くるものなり。[*64]

逍遙はこのように、「ローマンス」と対比する形で「ノベル」即ち「小説」を定義した。逍遙は柳田泉に秘かに知らせたというが、この定義の典拠は『エンサイクロペディア・ブリタニカ』（第八版）の「ロマンス」の項目である。[*65] これは、『エンサイクロペディア・ブリタニカ』第四版の補遺としてウォルター・スコットが書き加えたものが、そのまま踏襲された項目である。ちなみに、スコットは逍遙が愛した作家の一人で、『小説神髄』においてもっとも多く言及される外国文学者でもあった。

ところが、このスコットに対してバルザックが述べていることに注意しなければならない。それは、『人間喜劇』の「総序」の一節である。

バルザックによれば、スコットは小説家として優れているが欠点もある。それは体系système が欠けていることだ。その体系とは、スコットの作品群を成り立たせる原理のことだが、実は社会を構成する原理のことでもある。では、社会の構成原理とは何か。それは、一つの原質から派生した複数の類型的な人間と生活によって社会が成り立っているという、その仕組みのことで、従って作家はこの類型を描くことによって作品を体系化することができるし、それは同時に社会の全貌を捉えることでもある。これこそ私（バルザック）が、スコットが成し遂げることができなかったことを実践し、さらにその先へと歩みを進めようとしていることで、ビュフォンらが博物誌によって動物学のすべてを書き表そうとしたのに倣う営みなのだ。バルザックはほぼこういう趣旨のことを述べ、さらに言う。

となれば「フランスの社会」そのものが歴史家になってくれるであろう。私はただその秘書でありさえすればよい。悪徳と美徳の目録を作り、情熱の生み出す主要な事実を拾いあげ、諸々の性格を描き出すかたわら、社会の主要な出来事を選び出し、いくつかの似通った性格の特徴を重ね合わせて典型的な人物を創り出していけば、おそらく私は、多くの歴史家たちによってなおざりにされてきた歴史、すなわち風俗の歴史をまとめあげることができるだろう。[*66]

彼は、「典型的な人物を創り出す」composer des typesというようなことを言う。それは単にパターン化された人物を創出するという意味ではない。むしろ類型を構成すること、つまりビュフォンの博物学やジョフロワ・サン＝ティレールの生物学などを敷衍して社会や歴史の内部に有機的なメカニズムを探り当て、そしてそのメカニズムに呼応するように人物や、人物相互の関係、および作品世界を構成することを、バルザックは目指したのである。[*67]『人間喜劇』は社会の一大絵巻だということがよく言われるが、それは、決して作中に様々な事象が描かれているという理由によるのではなく、私たちがそこに、社会や歴史を形作る構造（とバルザックが考えたもの）を読み取ることができるからなのだ。

ここで重要なのは、バルザックは単に近代主義者として小説の世界を新たに切り開いたというよりも、むしろヘーゲルと同様に、近代化の進展が引き起こす様々な矛盾、軋轢に対処し、これを乗り越えるために、新たな価値体系を生み出し、ヴィジョンを提示しようとしたのだ、ということである。その創作心理については、ミシェル・ビュトールが、まことに的確に次のように述べている（著者訳）。

バルザックは自身を取り巻く世界に脅え、社会のすべてが悪化しつつあるように感じているのである。いったいなぜこんなことになったのか。物事を修復するにはどうしたらよいか。その答えを彼は探し求めている。*68

ここには、近代という時代において小説が担う役割の核心が示されている。バルザック以降、本質的な意味で存在意義のある小説は、常にこのような動機に促されて書かれたものだと私は考える。ところが日本の小説論の嚆矢である逍遥の『小説神髄』がバルザックにまったく触れず、むしろスコットに多く依拠していたことも一因となり、わが国でこのようなバルザックの小説観が広く共有されることはなかった。実作において実現したとは言えないが、問題意識としてこのような小説観を了解することができた二葉亭や鷗外は、この意味でまことに例外的な存在なのである。

この問題は、大正末年以降に注目されたいわゆる本格小説と私小説の問題に反映している。久米正雄は「私小説と心境小説」(一九二五年〔大正一四〕)で、次のように言っている。

例へばバルザックのやうな男が居て、どんなに浩幹な『人生喜劇』を書き、高利貸や貴婦人や其の他の人物を、生けるが如く創造しようと、私には何だか、結局、作り物としか思はれない。そして彼が自分の製作生活の苦しさを洩らした、片言隻語ほどにも信用が置けない。〔……〕だから、『私小説』を除いた外のものは、凡《すべ》て通俗小説である。*69

その後、こうした状況に対抗する動きも見られた。転向者が続出しプロレタリア文学が崩壊した後の文学的拠り所としてバルザックが注目され、一九三四年（昭和九）から一九三六年にかけて『バルザック全集』（河出書房、全一六巻）が刊行されたのは顕著な例である。横光利一はその内容見本に次のように記している。

この大作家の存在してゐた事のために、今日小説は初めて自然科学と対等の交際が出来、同時に哲学や社会科学との競演に際しても何ら卑下する要はないのである。もし、小説界に於てバルザックがゐなかつたら、小説といふものの概念は、その根本を無くしたことに違ひ無い。近代の新約聖書はバルザックの小説から始まるべきである。[*70]

また、バルザック評価の機運を真の革命運動へと発展させることで転向後の共産党運動の立て直しを図った宮本百合子の「バルザックに対する評価」[*71]（一九三五年）も注目に値する。先に触れた『夜明け前』（一九二九年—一九三五年）の執筆も、こうした動きに沿ったものだ。

だが、それは日本近代文学史において大きな流れを形作るには至らぬまま、私たちは戦争、敗戦を迎えることになる。

『禁色』、『鏡子の家』から『豊饒の海』へ

さて、長い回り道をしたように見えるかもしれないが、いまこそ問われるべきは三島由紀夫の存在である。見てきたように、一部を除きバルザックをまともに扱う機会の乏しかった日本近代文学であったが、あまり指摘されることはないのだが、実を言うと三島はバルザックとの関係の深い作家の一人として第二次世界大戦後の文壇に登場したのだった。

はじめに問題となるのは、老作家と美青年の関係を描く『禁色』である。寺田透は、『日本近代文学大事典』の「日本近代文学とバルザック」の項を担当し、日本でバルザックの影響を受けた具体的な創作実践が皆無に近いことを述べた上で、その例外として、「『秘楽』〔『禁色』第二部―著者注〕には巧みに活用されたバルザック世界の人間像が部分的に見いだされる。それは戦争とともにはじまった日本の社会の崩壊と成熟の標徴だ[*72]」と指摘した。一方、三島自身、『寺田透文学論集』献呈への礼状において、「『浮かれ女盛衰記』の御訳業と後記の評論の如きは、拙作『禁色』の成立に大きな影響を与へてくれました[*73]」（一九五一年〔昭和二六〕八月一三日付）と書き記している。これは単に、『禁色』の作家と青年の関係に、バルザックの『浮かれ女盛衰記』におけるヴォートランとリュシアンの関係が反映している、というだけのことを述べたものではない。重要なのは、後者が復古王政期から七月王政期にかけてのフランス社会の構造を映し出しているのと同様に、前者は敗戦国日本の社会構造を映し出すものだ、ということである。さらに言えば、『禁色』全篇の終幕で自殺する作家から美青年は不相応に高額な遺産を贈られ、「名状しがたい自由[*74]」を覚えるが、ここに冷戦

下のアメリカの軍事戦略の都合で、いわば他律的に「独立」を達成してしまう日本という国の戯画を読み取ることもできるのだ。

『禁色』が同性愛小説という形を取って戦後日本社会を描いたものだとすれば、実際に起こった放火事件を題材として戦前―戦後の日本社会を描いたのが『金閣寺』である。そして、その延長上に、より包括的に「現代の壁画を描こうと思った」のが『鏡子の家』なのであった。

だが、先述のように、『鏡子の家』は不評に終わる。山本健吉のようにそこにバルザック的な企図があることを見抜いた評者もいたが（『鏡子の家』が刊行された一九五九年の年末の「文学界」での座談会「一九五九年の文壇総決算」）、その座談会で臼井吉見は「およそバルザックなどとはちがったものだ」と難じており、三島の問題意識が広く共有されることはなかったのである。

このことは三島に深刻な打撃を与えた。だが、三島はむしろこれをバネに転じ、より視野を拡大して時代、社会、歴史を捉え表現する道を模索する。評論家で友人の中村光夫に宛てた次の書簡は、こうした経緯を明かすものである。これは、『豊饒の海』を具体的に構想する前、昭和三八年九月二日付のものである。

小生もいつか、三千枚ぐらゐのものが書きたいのですが、「バルザックを向うに張つて」などといふと足をすくはれそうですから、専ら、「五味川純平を向うに張つて」と言ふことにしてゐます。どうも志は低いはうが書き易い気がして。

この間サイデンステッカーとも話したのですが、小生曰く、ヨーロッパの大長篇は、みな、進化論、ロシア神学、ベルグソン、実存主義など、時代時代の学説や哲学が骨子になつてをり、日本でも源氏物語の大乗仏教がさうですが、今はさういふものがどこを探してもないので困る、と言ひました処、「フランスやロシヤはさうだらうが、イギリスは全然哲学なしに大長篇が出てゐる」といふのがサイデン氏の説でした。その点どうだか疑問に思ひます。――とにかく、どのみち「チボオ家の人々」みたいな古風な大長篇は書かうと思つても書けず、写実主義は退屈だし、むつかしいことです。*75

「志は低いはうが書き易い」と言っているのは、『鏡子の家』について「およそバルザックなどとはちがったものだ」などと評されたことを自虐したものであろうが、この書簡の趣意はそこにはない。ここから読み取るべきは、三島が時代や歴史の全貌を描くようなライフワークを企図し、その際にバルザックを意識して、作品の骨組みとなる何らかの世界観や思想、哲学を探っていたということである。

本書を読み進めてこられた読者は、ここで直ちに悟るであろう。三島はまもなく、作品の骨組みとなるそのような何かに出会うだろうということを。

それこそは、世界観としての輪廻転生であり、唯識の思想、特に「同時更互因果」という考えだったのだ。それは、『人間喜劇』における博物学や生物学に相当するような世界観であり思想なのである。

だが、念のために言っておくならば、人はみな輪廻転生を繰り返しているなどということを三島は信じているのではない。重要なのは、脈絡を欠きブラックホールを穿たれた近代という時代のなかに、分断や矛盾をまるごと受け止め、その上で全体を包み込むようなメカニズム――それこそが唯識思想だ――を探り当てること。それは、唯識思想を根底に据えて『豊饒の海』の作品世界を構築、展開することでもあって、そうすることによって三島は近代という時代（および近代の行き着く果ての、その先の世界）を生きるためのヴィジョンを生み出そうとしているのである。

この意味において、三島はバルザックの系譜を継ぐ、世界文学史上もっとも重要な文学者の一人だと言えるのだ。

廃棄された第四巻のプラン

それでは実際のところ、三島はどのような作品世界を展開しようというのか。既に見たように、『春の雪』では明治期の閉塞状況を直視しつつ、現実を超越した恋の瞬間を生み出し、『奔馬』では「擬制」の崩壊に抗って、アンドロギュノス的な始原の光景を描き出した。だが、その輝ける瞬間は、何もかもがニヒリズムの底に沈む『暁の寺』第二部において、すべて台無しになる。三島はあらためて、時代のおぞましい現実を容赦なく暴き出すとともに、すべてを統合し止揚する作品世界を構築しなければならない。

まだ『暁の寺』第一部執筆中の、遅くとも一九六九年二月頃までに記されたと推定される創作メモには、次のようにある。

第四巻――昭四十八年。

本多はすでに老境。その身辺に、いろ〳〵一、二、三巻の主人公らしき人物出没せるも、それらはすでに使命を終りたるものにて、贋物也。四巻を通じ、主人公を探索すれども見つからず。つひに七十八歳で死せんとすとき、十八歳の少年現はれ、宛然《さながら》、天使の如く、永遠の青春に輝けり。（今までの主人公が解脱にいたつて、消失し、輪廻をのがれしとは考へられず。第三巻女主人公は悲惨なる死を遂げし也）

この少年のしるしを見て、本多はいたくよろこび、自己の解脱の契機をつかむ。

思へば、この少年、この第一巻よりの少年はアラヤ識の権化、アラヤ識そのもの、本多の種子たるアラヤ識なりし也。

本多死なんとして解脱に入る時、光明の空へ船出せんとする少年の姿、窓ごしに見ゆ。

（バルタザールの死）[*76]

このメモは、以下の二つの物語要素によって構成されている。

①本多は真の転生者を探し求めるが、現われるのは贋の転生者ばかりである。
②しかし最後に真の転生者に出会った本多は、その転生者の導きにより救済される。

この②において、少年は「アラヤ識そのもの」とされている。この「アラヤ識」が核となって、作品世界が構築されてきたと考えるなら、アラヤ識＝少年と作品世界との関係は、「阿頼耶識と染汚法の同時更互因果」の関係にあることになる。

その上で三島は作品全体を救済の方向へと導こうとした。ちょうど「生田川」の幕切れの経文「爾時住唯識　離二取相故　無得不思議　是出世間智」が訴えるようにである。

その際三島は「バルタザールの死」（傍点著者）に言及しているがこれは誤表記で、正しくは一八九四年一〇月という擱筆日記載のあるプルーストの初期短篇小説「ド・シルヴァニイ子爵　バルダサール・シルヴァンドの死」（傍点著者）のことである。[*77] 当時二三歳だったプルーストはこの作品で、インドに向かう船を窓越しに眺め、ついで村の鐘の音に誘われるように蘇ってきた過去の様々な記憶に包まれて幸福な臨終を迎えるバルダサールを描いたが、三島はそこに本多の死を重ね合わせようとしたのである。ちなみに、この鐘の音が過去を想起させるというエピソードは、『失われた時を求めて』において紅茶とマドレーヌの味やゲルマント大公夫人邸のナプキンが語り手に過去を想起させ、ついには彼を存在回復へと導くというエピソードの原型と言える。三島は記憶をめぐるこのプルースト的なヴィジョンに唯識の解脱論を接合することで、本多を幸福な臨終へと導こうとしたのだ。

それは三島にとって、日本の近代というものの全体を統合し止揚するヴィジョンを提示しようとすることでもあった。これはプルーストにとって『失われた時を求めて』が、語り手にとっての過去の蘇生と存在回復を描くと同時に、十九世紀末から二十世紀初頭のフランス社会の全貌を浮かび上がらせようとするものでもあったことに倣うものだが、遡って言えば、プルースト自身も、バルザックが革命後（特に復古王政期から七月王政期）のフランス社会を描いたことに倣ったのだった。

三島は『暁の寺』脱稿後の休載期間においても、最終巻の内容について検討し続けているが、右に見た構想の方向性は維持されている。当時書かれた創作ノートには、贋の転生者に関する複数のエピソード案が記されているが、いずれも右に引用した創作メモのヴァリエーションと言ってよい。[*78]

先に詳しく見たように、このとき三島は極めて深刻な心理状態にあったはずである。もう、この社会には「何も起らぬ」という絶望感は限りなく深かった。しかし、それにもかかわらず、いや、それだけになおさらのこと、あえて三島は望ましい結末を模索していたのだ。

この創作姿勢を理解するためには、やはりバルザック、プルーストの系譜を継ぐペルーの作家M・バルガス＝リョサの評論『ガルシア＝マルケス──神殺しの物語』（一九七一年）に耳を傾けるのがよい（著者訳）。


小説を書くということ。それは、現実に対する、神に対する、そしてそれこそが現実であるところの神の創造物に対する反逆行為である。それは実際の現実を正し、変革し、撤廃し、小説家の創造した虚構の現実によって置き換えようとする試みなのだ。小説家は意義申し立て人であり、架空の人生を生み、言葉の世界を生み出す。それは彼らが、人生と世界を、それがもともとそうあるままのものとしては（あるいは、それらがそうであると、彼らが信じているままの形では）受け入れないからなのである。小説家の仕事の根底にあるのは生に満足できないという思いである。すべての小説は、秘かな神殺しであり、現実の象徴的暗殺なのだ。[*79]

思えば、三島が矛盾に満ちた時代の諸相をすべて受け止め、その上で全体を包括する作品世界を生み出そうとしたことは、まさしく「実際の現実を正し、変革し、撤廃し、小説家の創造した虚構の現実によって置き換えようとする試み」なのであった。そして三島はいま、この時代をいかに生き抜いてゆくべきかという課題に文字通り全身で向き合い、あるべき生と世界のあり方を『豊饒の海』最終巻において追究しようとしているのである。それは、現実世界に対して、もう一つのalternative世界を提示しようとすることだ。ただし、正当と見なされているものをいたずらに否定するだけの「もう一つ」ではなく、ありうべき真実の（『道義的革命の論理』―磯部一等主計の遺稿について」における三島自身の言い方を借りれば「ザイン」ではなく「ゾルレン」としての）[*80]、という意味での「もう一つ」である。それはまた、二葉亭四迷が唱えた「実相」に対する「虚相」にも相応するであろう。

三島は少なくとも『暁の寺』脱稿後しばらくは、右の創作メモの構想に従って、この姿勢を貫こうとした。
ところが、である。一九七〇年七月。二カ月の休載を経て第四巻『天人五衰』の連載が開始されたとき、三島はもはや右の構想を捨て去るとともに、自死の決意を固めていた。

*1 三島由紀夫、「私のペンネーム」、『決定版三島由紀夫全集二八』、二二〇ページ
*2 先述のように、後年ここは空襲で焼野原となる。犬の死はその予兆とも言える。
*3 三島由紀夫、『決定版三島由紀夫全集一三』、三七ページ
*4 『決定版三島由紀夫全集一三』、二五二ページ
*5 『決定版三島由紀夫全集一三』、三四六ページ
*6 森鷗外、『鷗外近代小説集一』、八六ページ。「榻」は長椅子、ベンチ。
*7 『決定版三島由紀夫全集一三』、三八〇ページ
*8 もし現実世界において美登利と信如とが結ばれたとしても、その将来は、一葉の「にごりえ」（一八九五年）のような悲劇に帰着するであろう。「にごりえ」では、銘酒屋の酌婦お力が、かつて馴染客だったがいまでは落ちぶれて妻子にも逃げられた源七に斬り殺されるまでが描かれる。
*9 北村透谷、『明治文学全集二九　北村透谷集』、六四－六八ページ。引用に際しては読みやすさを考慮して、傍点、圏点を省き読点を加えるなど一部改変した。
*10 『決定版三島由紀夫全集一三』、四一ページ
*11 二葉亭四迷、『二葉亭四迷全集四』、八ページ
*12 『其面影』の主人公は文三の後身とも言うべき小野哲也。哲也は妻の妹と恋仲になり心中を持ち掛けられるが死ぬことができず、妻とも離縁できずに中国に渡って、そのまま消息不明となる。
*13 与謝野晶子はこうした宿命から逃れているように見えるが、それは晶子の恋歌が、想像力というよりも、むしろ官能の現実に裏づけられているからである。『春の雪』

における与謝野晶子への参照のアイロニカルさ、こう言ってよければ冷やかさは、この点に由来すると思われる。
＊14 『決定版三島由紀夫全集一三』、一二ページ
＊15 日露戦争が終わったとき清顕は一一歳だったという。だから生年は一八九五年（明治二八）、すなわち透谷の死の翌年、一葉の死の前年である。ここに単なる偶然の符牒以上の意味を認めてもよい。すなわち、清顕を、透谷―一葉の精神的遺子と見ることもできるのである。
＊16 『決定版三島由紀夫全集一三』、一〇一ページ
＊17 『決定版三島由紀夫全集一三』、一〇二ページ
＊18 その意味で登少年の母が再婚して新たな家庭を作る前に、再婚相手の男性を登たちの少年グループが殺害する三島の小説『午後の曳航』（一九六三年）には、『春の雪』のモチーフを先取りするところがある。
＊19 『決定版三島由紀夫全集一三』、四六二ページ
＊20 『決定版三島由紀夫全集一三』、四六四ページ
＊21 『決定版三島由紀夫全集一三』、四七六ページ
＊22 『決定版三島由紀夫全集一三』、六五五ページ
＊23 第一次世界大戦時に日本は各国に倣って金本位制から離脱し、この時点で主要国中、唯一金本位制に復帰していなかった。
＊24 『決定版三島由紀夫全集一三』、五六一ページ
＊25 『決定版三島由紀夫全集一三』、五五八ページ
＊26 ホフマンスタール、『ホーフマンスタール選集三』、一一ページ
＊27 森鷗外、『鷗外全集六』、四九八ページ
＊28 竹村牧男、『「成唯識論」を読む』を参照した。
＊29 『鷗外全集六』、五〇〇ページ
＊30 岩佐美代子、『京極派和歌の研究』、二八六ページ
＊31 岩佐美代子、『京極派歌人の研究』、四三六ページ
＊32 岩佐美代子「唯識説と和歌―京極為兼の場合」（井上隆史責任編集、『宗教と文学―神道・仏教・キリスト教』、四九ページ）では、引用箇所を次のように解説する。ちなみに、「心所」「心王」「相応」は唯識の用語である。
――花でも月でも、夜の明け日の暮れる景色でも、うたいたい事に向ってはその情景、状況になり切って、その真実の所をしっかりと見つめ、それに対しての自分の心の働き方（心所）をも、今一つ奥にある心の主体（心王）に深くあずけて（相応）、その心から自然に出て来る言葉を信頼して、それにまかせてうたい出せば、そこに巧まずして出て来る技巧、面白さ、味わいが添い、作者自身「ああ自分の気持が十分に表現できた」と満足する。それをまわりの人間が小ざかしく批判し、非難するには及ばぬ事だ。そういう連中が、風流めかした言葉で本心でもない歌の題の心を詠もうとするのと、私の言う、自分の心の奥底から生れ出た言葉がおのずから美しく余韻

をもって響くのとは、全く作品としての価値が違うのだよ——。

*33 「生田川」と唯識に関する本格的研究は大塚美保「芦屋処女のゆくえ—鷗外と唯識思想」(『日本近代文学』一九九四年五月)を、為兼と唯識に関する本格的研究は岩佐美代子「京極為兼の歌風形成と唯識説」(『創立二十周年記念鶴見大学文学部論集』一九八三年三月)をそれぞれ嚆矢とする。

*34 三島由紀夫、「戯曲の誘惑」、『決定版三島由紀夫全集二八』、五三九ページ

*35 三島由紀夫、「観たい一〇本・読みたい一〇本—『世界戯曲叢書』編纂のために」、『決定版三島由紀夫全集三六』、六四一ページ。なお、菟原処女の伝説の流れを汲み、謡曲「求塚」の構成を反転するような作品を三島が書いていることを注記しておこう(小説『獣の戯れ』、一九六一年)。

*36 『決定版三島由紀夫全集一三』、三九〇ページ

*37 この部分は深浦正文、『輪廻転生の主体』に拠る。

*38 この部分は上田義文、『仏教における業の思想』に拠る。

*39 『決定版三島由紀夫全集二八』、六〇七ページ

*40 『決定版三島由紀夫全集三五』、五三〇ページ

*41 『決定版三島由紀夫全集二八』、六〇六ページ

*42 小西甚一、『能楽論研究』を参照。

*43 古今伝授とは、二条派の流れをくむ東常縁《とうつねより》から宗祇に対して『古今和歌集』の解釈を秘伝として伝えたのを嚆矢とする歌道伝授のこと。

*44 三島由紀夫、『決定版三島由紀夫全集二〇』、三九四ページ

*45 『決定版三島由紀夫全集三五』、四一〇ページ

*46 ちなみに言うならば、常子の歌才が一段と磨かれたその延長上に、『奔馬』、『暁の寺』の鬼頭槇子の姿が垣間見えるであろう。

*47 『決定版三島由紀夫全集一三』、四一ページ

*48 齋藤唯信、『仏教学概論』、一四九ページ

*49 ベリンスキーの生前未発表論稿で、原題は"Идея искусства"。

*50 Белúнский, Виссарион Григóрьевич, *Собрание сочинений 3*, Москва: Худож. лит-ра, p.278. 二葉亭の閲読した『ベリンスキー著作集』は一橋大学附属図書館で確認できる。

*51 二葉亭四迷、『二葉亭四迷全集四』、一一一ページ

*52 Belinsky, Vissarion Grigoryevich. *Selected Philosophical Works*, p.180

*53 *Собрание сочинений 3*, p.280.

*54 『二葉亭四迷全集四』、一一三ページ

*55 *Selected Philosophical Works*, p.182。ただし、the evolution of thoughtはこの文脈ではthe evolution of ideasと訳す

べきところである。

*56　このようなベリンスキーのイデア観は、ヘーゲル『エンチクロペディー』におけるDie Idee ist wesentlich *Prozeß*（イデーとは本質的に過程である）という考えを受け継ぐものである。ヘーゲル『論理学　哲学の集大成・要綱第一部』の四一七ページ参照。

*57　坪内逍遙、「二葉亭君と僕」、『二葉亭四迷―各方面より見たる長谷川辰之介君及其追懐　上巻』、二四七ページ

*58　坂井健、『没理想論争とその影響』、三〇一ページ

*59　Schwegler, Albert. *Geschichte der Philosophie im Umriß : ein Leitfaden zur Übersicht*, p.360.　この鷗外蔵書は、鷗外文庫書入本画像データベースにてWEB上で閲覧できる。(http://rarebook.dl.itc.u-tokyo.ac.jp/ogai/data/A100_1073.html) なおケーベルはハルトマンの推薦もあって、一八九三年（明治二六）から一九一四年（大正三）まで東京帝国大学で哲学を講じた。

*60　Hartmann, Karl Robert Eduard von. *Philosophie des Unbewussten*, p.643.

*61　Lukács, Georg. *Studies in European Realism*, p.72.

*62　Kliger, Ilya. *The Narrative Shape of Truth*, p.45.

*63　坪内逍遙、『日本近代文学大系三　坪内逍遙集』、六八ページ

*64　『日本近代文学大系三　坪内逍遙集』、五一ページ

*65　柳田泉、『「小説神髄」研究』、八一ページ。同項目は*Supplement to the fourth, fifth, and sixth editions of the Encyclopaedia Britannica: with preliminary dissertations on the history of the sciences 6*, pp.435-456.

*66　バルザック、「人間喜劇総序」、「ユリイカ」（一九九四年一二月）、一五三ページ

*67　「総序」における自註のみで『人間喜劇』の作品世界のすべてが説明できるわけではないが、その世界観の背景に博物学の思想があることは間違いない。ただし、フーコーが『言葉と物』で指摘するように博物学が古典主義時代のエピステーメー（知の枠組み）における学問分野だとすれば、バルザックの思想を支えたのは、むしろ近代のエピステーメーにおける生物学である。

*68　Butor, Michel. *Improvisations sur Balzac 1 : Le Marchand et le génie*, p.8.

*69　久米正雄、『久米正雄全集一三』、五四七ページ

*70　横光利一、『定本横光利一全集一六』、三九九ページ。横光が唱えた「純文学にして通俗小説」の実践としての先述の『寝園』や、一九二五年に起った反帝国主義民族運動（五・三〇事件）当時の上海を小説化した『上海』は、バルザックを意識した試みとして重要な作品である。

*71　「偉大な作家の生涯の記録とその作品とによって今日までのこされている社会的又芸術的な具体的内容は、常に

我々にとって尽きぬ興味の源泉であるが、なかでも卓越した少数の世界的作家の制作的生涯というものは、後代、文学運動の上に何かの意味で動揺・新たな方向への模索が生じた時期に、必ず改めて究明・再評価の対象として広汎な読者大衆の手にとりあげられるものであると思う」との一文から始まる「バルザックに対する評価」は、当時において水準の高いバルザック論である（『宮本百合子選集七』、一八六ページ）。

＊72 『日本近代文学大事典四』、三六四ページ

＊73 井上隆史、『三島由紀夫「豊饒の海」VS野間宏「青年の環」—戦後文学と全体小説』、二六ページ

＊74 三島由紀夫、『決定版三島由紀夫全集三』、五七三ページ

＊75 三島由紀夫、『決定版三島由紀夫全集三八』、七三四ページ

＊76 『決定版三島由紀夫全集一四』、六五二ページ

＊77 三島は早くからこの作品に強い関心を寄せていた。先述の「二千六百五年に於ける詩論」の直前にも、三島は同作を論じている（生前未発表、『決定版三島由紀夫全集三六』、五三八ページ）。

＊78 これについては拙著、『三島由紀夫　幻の遺作を読む—もう一つの「豊饒の海」』で検討した。

＊79 Vargas Llosa, Mario. *García Márquez:Historia de un Deicidio*, p.85.

＊80 三島由紀夫、『決定版三島由紀夫全集三四』、三五二ページ

第3章

『天人五衰』

唯識と天皇

三島は第四巻『天人五衰』の結末で
「近代」という時代が行き着いた果てとしての、
さらにはその果ての先の世界としての、「虚無の極北」を描き切った。
そして、自らの命を絶ったのである。
今、三島の死から50年近い時間を経て
『天人五衰』をていねいに読み直すと、繁栄を謳歌してきた戦後日本が
いやおうなく吸い込まれていったブラックホールの正体を、
三島がいちはやく見抜いていたことがわかる。
私たちは、その先に「もう一つの日本」を見いだす努力も試みたい。

1 レッドラインとしての一九七〇年

一九七〇年とは

これまでの議論をあらためて整理してみよう。

第三巻『暁の寺』の読み直しからはじめて、『春の雪』、『奔馬』の順に『豊饒の海』について考察してきた。その結果、見えてきたのは、『豊饒の海』は設定こそ主人公が次々に転生してゆくというものであるが、決して現実離れした生まれ変わりの物語なのではないということである。それは、矛盾と混乱に満ちた日本近代史の歩みと、近代という時代それ自体の暗部をリアリストの目で捉え、同時に近代という時代を（さらに近代化が行き着いた地点の、さらにその先に姿を現わす領域を）生き抜くための包括的ヴィジョンを探り求める作品だったのだ。

ところが一九七〇年。三島は温めてきた構想を投げ捨て、それまで考えていたのとは正反対の結末に向けて『天人五衰』を書きはじめる。

記憶もなければ何もないところへ来てしまった……。

この結末において、三島はプルースト的な存在回復の方法を拒み、あるべき生と世界のあり方を提示するどころか、『春の雪』、『奔馬』、『暁の寺』で描いた以上に恐るべき、そして異様極まる、とも言うべきニヒリズムを容赦なく表現した。すべては虚無で塗り込められ、本来なら表象不可能であるような「虚無の極北」が、ここに描き出される。それと同時に、三島は命を絶ったのである。いったいなぜ、三島は構想を変えたのか。

この絶望的な結末を、私たちはどう受け止めればよいのか。

構想変化の契機となったのは、やはり一九六九年一〇月二一日の国際反戦デーである。これを経て、意味という意味が吸い込まれるブラックホール状態に陥った戦後日本には、もはや回復の見込みがないことを見極めてしまった三島には、最後に本多が救済されるという、そんな「もう一つの世界」を提示することなど、とてもできなかったのである。

だが、実を言うとこれは三島だけの問題でも、日本の戦後だけの問題でもない。三島が自死し『豊饒の海』が完結した一九七〇年は、つい見過ごされてしまいがちだが、日本の近代史においても世界史的な意味においても、一種のレッドラインとも言うべき年だったのではないかと思われる。レッドライン。それは、そこを越えてしまえば命を失うような一線である。

失敗こそしたが世界的な規模での「革命」が起こった年としてウォーラーステインが強調する一九六八年がしばしば話題となるが（『反システム運動』、一九八九年）、こんにちの世界的状況を考えると、一九七〇年にも注目しなければならないのではないか。[*1]

三島の死の当時、それに気づいた者はいなかったし、こんにちに至るまでこのことが正面切って論じられたことはない。しかし、大きな歴史の流れのなかで見たとき、一九七〇年という年にはある象徴的意味があり、誰よりも早く、三島はそれを察知していたように思われるのである。

一九七〇年とはどのような年だったのだろうか。

『暁の寺』が連載された一九六八年（昭和四三）から一九七〇年にかけては高度成長の完成期にあたることを既に述べたが、一九七〇年、つまり昭和四五年には、「人類の進歩と調和」を謳って大阪で開催された日本万国博覧会（三月一五日―九月一三日）が活況を呈するなど、戦後日本がますます豊かに羽ばたいていったように見える。

その一方で、一九六九年の一〇・二一の国際反戦デーが機動隊によって容易に鎮圧されたことが象徴するように、六〇年代を通じて展開してきた新左翼運動は、いまや後退戦に入りつつあった。七〇年安保闘争も六〇年のときのような盛り上がりを見せることなく、六月に条約は自動継続となる。その一方で、内ゲバや過激な武装闘争路線が目立つようにもなってきた。

視線を世界に向けるとどうだろうか。

一九七〇年と言えば、一九六八年に起ったチェコスロバキアの「プラハの春」が最終的に終焉したとされる年である。六〇年代に入り西側諸国とは対照的にソ連型社会主義経済の停滞が目立つようになり、その打開を目指してチェコスロバキアではA・ドゥプチェクによる自由改革路線（プラハの春）が推進されたが、一九六八年八月、急速な自由化を危惧したソ連が軍事介入に訴えたことで頓挫、七〇年六月に、ドゥプチェクらは共産党を除名されるのである。ちなみに、チェコ出身でフランスにわたった作家ミラン・クンデラが「プラハの春」を題材に小説『存在の耐えられない軽さ』を発表したのは一九八四年であった。

こうして見ると日本でも欧州でも一九七〇年は、共産主義理念に託された夢が崩れさった年であった。共産主義は、人間社会を包括するヴィジョンを謳う思想の一つだったはずである。しかし、いまやそれは追い詰められ、深刻なニヒリズムを引き起こしていた。

だが、話はそこに留まらない。

日本では、同年一〇月から当時の国鉄が「ディスカバー・ジャパン」のキャンペーンを開始してレジャーブームを巻き起こすが、これはそもそも、万博終了後の旅客確保対策として立案されたものので、言ってみれば、回っている経済の輪が倒れないように顧客の欲望を無理やり喚起しようとしたのである。むしろ、「人類の進歩と調和」というスローガンとは裏腹に、跡地利用の具体的なヴィジョンもなく、三島自決と同じ一一月から開始された万博パビリオンの解体現場こそが、人々の内的実景を忠実に写し出していた。後年、現代美術家のヤノベケンジはここに「廃墟」[*2]のイメージを読み取っている。つまり、行き詰まり深刻なニヒリズムに陥ったのは共産主義圏だけでなく、日本の社会や経済界においても同様だったのである。

注目すべきは、この時期の本質と思われるものを芸術表現として定着するまでミラン・クンデラは十年以上、ヤノベケンジの場合はさらにそれ以上の年月を要しているのに、『天人五衰』は同時代において、既にそれを成しえていると思われることだ。

ドル・ショック

この時期の本質。

ここで私はそれを、近代というものがレッドラインを越えてしまったという事態、と位置づけたいのだが、翌一九七一年には、既にその一線が越えられてしまったことを示す大きな出来事が起こっている。ベトナム戦争からの撤退を唱えて一九六九年に米国大統領に就任したニクソンが引き起こしたドル・ショックがそれだ。一九七一年八月一五日。ニクソン大統領がドルと金の交換停止を発表したことにより、世界経済は固定相場制から変動相場制へ移行してゆくのである。

『弁馬』を論じた際に触れたことだが、英国は一九三一年に金本位制を放棄し、第二次世界大戦が終わると、時代の牽引役は完全にアメリカに引き渡された。そのとき、金と交換可能とされたドルを基軸とする金ドル本位の固定相場制が採用されたのだが、それは金本位制と同じように、貨幣それ自体には実は価値がないことを隠蔽する「擬制」として機能することで、第二次世界大戦後の西側社会の経済発展を支えてきたのである。

ところがベトナム戦争によってアメリカが経済的、社会的に疲弊すると、もはやそのような「擬制」は維持しえなくなった。こうして、為替レートが外貨の需要と供給の関係に応じて相対的に決まる変動相場制が始まるが、それは、二一世紀のこんにち猛威を振るう、金融を投機、すなわち賭け事の場と化すグローバルな金融市場化の端緒となった。近代経済の軸足と見なされてきた生産と労働が、消費と投機にその座を譲ったのである。

なお、ドル・ショックはニクソン・ショックとも言われるが、その一ヵ月前の七月一五日、やはりニクソン・ショックと呼ばれるもう一つの出来事があった。大統領による中華人民共和国訪問を予告する宣言である。これはベトナム戦争終結を見据えて、北ベトナムに強い影響力を持つ中華人民共和国との関係構築を模索した動きだが、近代世界史を通じて常に抑圧され、圧迫され続ける運命にあった中国という存在が、歴史のプレーヤーとして表舞台に顔を出す契機となった。この出来事もまた、西洋的な近代というものが終焉に向けてある一線を越えてしまったことを暗示している。

三島没後のことなので、これらに関して三島が何一つ言葉を残していないのは言うまでもない。だが、あらためて考えてみると、近代化の歩みがある限界状況に達してしまったという認識を三島は既に抱き、二つのニクソン・ショックが意味するものを、先取りしていたように思われる。

このことは、『天人五衰』に描かれた、ちょうど一九七〇年の時点での本多老人を取り巻く経済環境にも、よく示されている。

「国有土地森林原野下戻法」に関わる行政訴訟に勝訴して三億六千万円を得た本多には、「勲があのように烈《はげ》しく生きた時代の、金本位制の遠い黄金の幻が残っていた」ため、「時代おくれの財産三分法を、損を承知で、自分のプリンシプルとして守」り、「日に日に崩壊してゆく貨幣価値の、むしろ愚鈍な守り手であろうとした」という。そのため、「自分より十五歳も若い財務顧問とは喧嘩別れをしてしまった」が、それでも土地と証券と銀行預金とに三分割された三億六千万円は、それぞれ十倍、三倍になり、ただ銀行預金だけが減ったのだった。*3

作品世界におけるこんな設定は、世界的な金融の市場化という事態が、日本では土地バブルという形で他国に先駆けて起こることを、予示するものでもある。

フーコーの『言葉と物』

このように見てくると、一九七〇年という年、少なくともその前後の時期に、やはり時代の分水嶺というレッドラインがあったのは、確かなことだったと言えよう。これを思想的に予見していた論考として、ミシェル・フーコーの『言葉と物』を参照しておきたい。

同書は、ルネッサンス末までのエピステーメーと古典主義時代のエピステーメーの間には、また、古典主義時代のエピステーメーと近代のエピステーメーの間には深い断絶があることを述べるものだが、近代のエピステーメーにおいてはじめて、「人間」というものが登場したとフーコーは言う。しかし、その「人間」は、まもなく消滅するとフーコーは説く。

〔……〕一世紀半ばかり以前にはじまり、おそらくはいま閉ざされつつある唯一の挿話のみが、人間の形象を出現させたのである。しかもそれは、古い不安からの解放でも、千年来の関心事の光かがやく意識への移行でも、信仰や哲学のなかに長いこととらわれてきたものの客観性への接近でもなかった。それは知の基本的諸配置のなかでの諸変化の結果にほかならない。人間は、われわれの思考の考古学によってその日付けの新しさが容易に示されるような発明にすぎぬ。そしておそらくその終焉は間近いのだ。

もしもこうした配置が、あらわれた以上消えつつあるものだとすれば、われわれがせめてその可能性くらいは予感できるにしても、さしあたってなおその形態も約束も認識していない何らかの出来事によって、それが十八世紀の曲り角で古典主義的思考の地盤がそうなったようにくつがえされるとすれば――そのときこそ賭けてもいい、人間は波打ちぎわの砂の表情のように消滅するであろうと。*4


本書で用いた言い方に従えば、「人間」という存在も実は、一つの「擬制」に他ならない。しかも、近代それ自体を体現するような「擬制」なのだが、他の「擬制」と同様に、それも遠からず崩壊するとフーコーは説いているのである。『言葉と物』の出版は一九六六年である。それは近代というものがいまレッドラインを越えようとしていることを予知する論考だと言えるであろう。

ただ、私の考えによれば、『天人五衰』の作品世界は、あらかじめ解決しがたい矛盾を内包していた近代という時代の行き着く果てを描くものであるのみならず、近代化が行き着いた地点の、さらにその先に姿を現わす領域にまで及んでいるように思われる。言い換えれば、『天人五衰』の結末で露わになる「虚無の極北」は、近代という時代のレッドラインの光景と見なすことができるが、そこにレッドラインを越えた世界を読み取ることもできるように思うのだ。

それは具体的にはどのような世界なのだろうか。そして、その「虚無の極北」の先には、どのような事態が待ち受けているのであろうか。そこには、一条の光明が差し込むこともなく、結局のところ絶望を描きつつ三島は死を選んだことになるのだろうか。もしそうだとすれば、これほどやり切れないことが、他にあるだろうか。

　こうした問いを心に抱きつつ、慎重に『天人五衰』を読んでゆくことにしよう。

2 『天人五衰』の世界

物語の構成要素

『天人五衰』の物語は、大きく分けると次の二つの部分から構成されている。先に創作メモの構成要素を①、②と記したので、それに続けて③、④と表記しよう。
③老齢を迎えた本多が、新たな転生者と思われる透を養子に迎えるが、透は贋の転生者だった。
④本多は月修寺門跡となった聡子と再会するが、清顕のことなど知らないし、もともと清顕など存在しなかったのではないかと告げられる。衝撃を受けた本多は、清顕のみならず勲もジン・ジャンも、そして自分自身の存在すらも消え去ってゆく思いに襲われる。

『天人五衰』は三〇節からなるが、その大半は③の物語であり、④は最終の三〇節の終盤において突如、滝が崩れ落ちるように急テンポで展開する。これを①、②と比較するならば、①では複数の贋転生者が登場するのに対し、③では贋者は透に絞られ、かつ、物語の主軸は透と本多との関係に置かれている。また②と④では、物語の帰着がまったく転倒している。この④において、「虚無の極北」が露わになるのだ。

ヘドロ公害

実を言えば、『天人五衰』の作品世界の大半を占める③においても、『天人五衰』に先立つ三巻で描かれてきたニヒリズムとともに、それをさらに踏み越えた世界が描出されているように思われる。やや長くなるが、それらの例を確認しておこう。次は、透が港湾通信使として働く清水信号所の場面である。既にこの信号所でたまたま透を見出していた本多は、彼を養子に貰う心積もりを抱いていたが、透はまったく気づいていない。作中の設定では一九七〇年八月一〇日のことである。

朝九時の交代で信号所へ来て事務を引継いだ透は、一人になると、いつものように新聞をひろげてゆっくり読んだ。午後まで、来る船はない。

今日の朝刊は、田子の浦のヘドロ公害のニュースでいっぱいだ。しかし田子の浦には製紙会社が百五十もあるのに、清水には小さいのが一つしかない。その上、潮の流れが東へ東へと向うので、ヘドロは清水港をほとんど犯さない。

田子の浦港のデモには全学連が大分来ているらしい。そのざわめきは、倍率三十倍の望遠鏡を以てしても、はるかに視野の外にある。望遠鏡に映らぬものは、透の世界とは何の関わりもないのである。

涼しい夏である。

伊豆半島がくっきり見通せて、かがやく青空に積乱雲がそそり立つような夏の日は、今年はめったにない。今日も半島は靄《もや》に隠れ、日はくすんでいる。最近撮った気象衛星からの写真を見せてもらったことがあるが、駿河湾の半ばは常時スモッグにおおわれているらしい。

めずらしく午前中に絹江が来た。入口で、入ってもいいかと訊《き》いた。

「今日は所長は横浜の本社へ行ってるから誰も来ないよ」

と言うと、上って来た。

絹江の目は脅えている。[*5]

訪ねてきたのは透を一方的に慕う狂女の絹江である。引用を続ける。

「どうしたんだい」

「あなたが狙われてるわ。私、ここへ来るにも、周囲を見廻して、絶対に人目につかないようにしているの。でないとあなたに迷惑がかかるかもしれないんだもの。あなたがもし殺されたら、みんな私のせいなんだから、私、死んでお詫《わ》びするほかはないわ」

「一体どうしたんだい」

「二度目なのよ。二度目だから、私とても気になって。前のときもすぐ話してあげたでしょう。……今度も似たようだけれど、一寸違うの。今朝、私、駒越《こまごえ》の浜へ散歩に出たの。浜昼顔の花を摘んでから、波打際へ行って、ぼんやり海を見ていたの。

駒越の浜は人も少ないし、人にじろじろ見られるのに飽きてるでしょ、私。海に向っていると、とても気分が落着くの。私の美しさを秤《はかり》の片方にかけ、海をもう片方にかけると、丁度秤が釣合うのかもしれないわ。そうすると、私の美しさの重みを海に預けたような気がして、気分が軽くなるんだと思うわ。（……）」

そこに、一人の若い男が近づいて来て、莫迦《ばか》丁寧な口調で話しかけてきたという。

「ほかの話に紛らせながら、いろいろあなたのことを訊くの。あなたの人柄とか、勤めぶりとか、人に親切か、とか。もちろん私は答えたわ。あなたぐらい親切で仕事熱心ですばらしい人はいないって。尤《もっと》も一つだけ私の答に、男がへんな顔をしたのは、私が、『あの人は人間以上の何かなのよ』

と言った時だったと思うわ。
でもね、私、直感的にわかったの。こんなこと二度目でしょう。十日前にも、似たようなことがあったでしょう。これはきっと私とあなたの仲が疑われているんだと思うの。どこかにまだ姿を現わさない怖ろしい男がいて、私の噂をききつたえたか、それとも私を遠くから見たかして、私に夢中になり、子分を使って私の身辺を探り、私の恋人と思われる男を抹殺しようと狙っているのよ。私に対して、どこかから、狂的な愛がいよいよ近づいて来ているのよ。私怖いわ。（……）」

これを聞いた透は「絹江の劇的な妄想はともかく、透が間接に何者かの手で調べられていることは確かだ」と考える。しかし、何も思い当たることはなく、絹江の「妄想に論理的な骨格を与えてやるために、思慮深い口調で」こう応じる。

「僕は君のような美しい人のために殺されるなら、ちっとも後悔しないよ。この世の中には、どこかにすごい金持の醜い強力な存在がいて、純粋な美しいものを滅ぼそうと、虎視《こし》眈々《たんたん》と狙っているんだ。とうとう僕らが奴らの目にとまった、というわけなんだろう。
そういう奴相手に闘うには、並大抵な覚悟ではできない。奴らは世界中に網を張っているからだ。はじめは奴らに無抵抗に服従するふりをして、何でも言いなりになってやるんだ。

そうしてゆっくり時間をかけて、奴らの弱点を探るんだ。ここぞと思ったところで反撃に出るためには、こちらも十分力を蓄え、敵の弱点もすっかり握った上でなくてはだめなんだよ。

(……)」

長らく引用したが、この部分をどう解釈したらよいであろうか。これは絹江の来訪を境に前半、後半に分けられるので、その各々について見てゆきたい。

まず前半部分だが、一九五〇年代から七〇年代にかけて、高度経済成長の代償とも言うべき深刻な公害が日本各地で発生した。田子の浦港へドロ公害もその一つなのだが、透はこの事態に対してまったく冷淡である。

しかしこれは、単に透の利己的な性格や、事務所の所在する清水が地形的に被害を免れていることを示すエピソードではない。それ以上に、高度成長というものが何ら薔薇色の繁栄を約束するものではなく、そのことに対する異議申し立てがどんなに詳しく報道されたとしても、透のみならず多くの人にとっては、結局のところ他人事に過ぎないという事実を示しているのだ。いや、たとえその当事者であったとしても、人は気象衛星から見下ろすように、自分自身のことを冷ややかに突き放してしまいかねない。自分の手ではどうすることもできないとなれば、はじめから他人事と見なした方が、精神の衛生管理上、好ましいとさえ言えるからだ。

これでは事態の本質は何も変わらない。社会は意味という意味が解体するブラックホール状態に陥って、ついには崩壊するより他ない。

引用の前半部が物語るのは、このようなことである。

この時代認識はいまはじめて提示されたことではなく、『暁の寺』においても描き示されていたものであった。

死せる魂と人間の不在

だが、絹江が訪れて以降は、状況が一段と先に進む。

ブラックホール化した社会において心の冷え切った透と狂女との間では、もともと何らかの稔りある関係が生ずるとは考えにくい。それなのに、絹江の妄想に透が加担することで、何もないところに「物語」が生まれるのだ。やがて、本多の真意を知らぬまま養子となった透は、覗きの醜聞が暴露されて名誉も体面も失った本多を邪険に扱う一方で、絹江を引き取って離れに住まわせる。このとき彼が内心抱いていたのは、次のような考えであった。


窓の帷《とばり》の明るみから晴雨を察して、自分の支配する世界の秩序の具合をしらべる。欺瞞《ぎまん》や悪はきちんと時計のように動いているか？　世界がすでに悪に支配されていることは、誰にも気づかれていないか？　すべてが法的にまちがいなく進行し、しかもどこを探しても愛がないという状態は、きちんと保たれているか？　人々は彼の王権に満足しているか？　悪は

郵 便 は が き

お手数ですが
切手をお貼り
ください。

102-0072
東京都千代田区飯田橋3-2-5
㈱ 現 代 書 館
「読者通信」係 行

ご購入ありがとうございました。この「読者通信」は
今後の刊行計画の参考とさせていただきたく存じます。

ご購入書店・Web サイト

書店 都道府県 市区町村

お名前《ふりがな》

〒

ご住所

TEL

Eメールアドレス

ご購読の新聞・雑誌等 特になし

よくご覧になる Web サイト 特になし

上記をすべてご記入いただいた読者の方に、毎月抽選で
5名の方に図書券500円分をプレゼントいたします。

お買い上げいただいた書籍のタイトル

本書のご感想及び、今後お読みになりたいテーマがありましたらお書きください。

本書をお買い上げになった動機（複数回答可）

1．新聞・雑誌広告（　　　　　　　　）　2．書評（　　　　　　　）

3．人に勧められて　4．ＳＮＳ　5．小社ＨＰ　6．小社ＤＭ

7．実物を書店で見て　8．テーマに興味　9．著者に興味

10．タイトルに興味　11．資料として

12．その他（　　　　　　　　　　　　　　　　　　　　）

ご記入いただいたご感想は「読者のご意見」として、新聞等の広告媒体や小社Twitter 等に匿名でご紹介させていただく場合がございます。
※不可の場合のみ「いいえ」に○を付けてください。　　　　　いいえ

小社書籍のご注文について（本を新たにご注文される場合のみ）

●下記の電話や FAX、小社 HP でご注文を承ります。なお、お近くの書店でも取り寄せることが可能です。

TEL：03-3221-1321　FAX：03-3262-5906
http://www.gendaishokan.co.jp/

ご協力ありがとうございました。
なお、ご記入いただいたデータは小社からのご案内やプレゼントをお送りする以外には絶対に使用いたしません。

詩のすがたで透明に人々の頭上をおおうているか？「人間的なもの」は注意ぶかく排除されているか？　情熱は必ず笑いものになるように細かく配慮されているか？　人々の魂はちゃんと死んでいるか？……[*6]

死せる魂たちを支配するための「物語」。それを透は「悪」と呼び、自身をその主宰者と見なすのである。

これを単なる子供じみた妄想と見なしてはならない。むしろ透が考えていることは、現代社会の実態を実に正確に映し出しているのかもしれない。

なるほど実際には彼は主宰者であることなどできず、第四の転生者を手元で育てたいという本多の思惑に操られた存在に過ぎない（透の身辺調査も本多が行っていたのだった）。だが、こんにちの世界は既に得体の知れないものに化してしまったのだ。さらに言うならば、『天人五衰』の結末部が指し示すごとく、清顕、勲やジン・ジャンらが本多の妄想のなかにしか生きていない存在だったとしたら、そもそも透という人物も同様に、本当は存在しないのではなかろうか。これは常識では考えられない異様なことだが、当人は生きていると自覚し、周囲の人物もそう認識しているはずなのに、実はその当人ははじめから存在しなかった、という事態である。

こういう解釈の可能性を念頭に置いて、先に引用した信号所に絹江が訪ねてきた場面を読み直すならば、それは何の根拠もない妄想が、眼には見えないが抗いがたい力を有するシステムとなって人を支配する世界を描くものだということが見えてくる。その支配の構図を見抜き、むしろ自分こそが支配する側だと考える透のような者も、やはりシステムに支配されている。しかも、生きている人間として支配されているのではない。あたかも、精巧に作られたAIの人格がそうであるように、そもそも存在それ自体が虚像だったかもしれないのである。

ボードリヤールの「透きとおった悪」

ここに示されているのは、近代化が行き着いた地点の、さらにその先に広がる悪夢のような光景ではあるまいか。そこを支配するシステムを透は「悪」と呼ぶが、これはボードリヤールが『透きとおった悪』や『悪の知性』において描いた「悪」の今日的状況を思い起こさせる。

今日では、悪の形而上学的現前、われわれの頭上はるかで戦い、われわれの魂を奪いあっていた神や悪魔の形而上学的現前はもはや存在しない。悪の神話的現前、メフィストやフランケンシュタインといった、悪の原則を具現化していたものの神話的現前はもはやない。

われわれの悪は、想像力も表情ももたない。それは、技術の抽象的な形象のなかのいたるところに、微量に現前してはいるものの、もはやその神話的現前は存在しない。*7

なぜ、そういう事態になったのか？　右の引用に先立ち、ボードリヤールは既にこう述べていた。

> 世界と事物の現状を一言でいえば、狂宴《オージー》の後の状態だということになるだろう。狂宴、それは近代性が爆発する瞬間、あらゆる領域での解放がなされる瞬間だ。政治的解放、セックスの解放、生産力の解放、破壊的諸力の解放、女性の、子どもの、無意識の欲動の解放、芸術の解放。表象行為の全モデルと反・表象行為の全モデルは昇天した。現実的なもの、理性的なもの、性的なものの狂宴、批判的なものと反・批判的なものの狂宴、経済成長と成長の危機の狂宴、つまりあらゆる場面での狂宴が起こったのだ。われわれはモノと記号とメッセージとイデオロギーと快楽を生産（事実上は過剰生産）するあらゆる過程を駆けぬけた。今日では、すべてが解放された。ゲームは終わったのだ。いまやわれわれは、全員が最後の問いの前にいる――狂宴の後で何をしようか？
>
> 　われわれは、もはや狂宴と解放をシミュレーション化することしかできない。つまり、加速しながら全員が同一方向にむかっているふりをしているが、われわれの行き着く先は、じつは虚無でしかない。*8

これは、ボードリヤールが捉えた、近代化が行き着いた地点の、さらにその先に広がる領域としての現代社会の実景である。右の文章の原著の刊行は、それぞれ二〇〇四年、一九九〇年であった。

そこでボードリヤールが見たものを、三島は彼に先立って既に見抜き、透の考えを通じて私たちに伝えていたのではあるまいか。やはり透の考えは子供じみた妄想ではなく、現代社会の実態を映し出すものだったのである。

ただし、ボードリヤールにとって、その「透きとおった悪」は現代社会を攻撃するウイルスとして機能することによって、状況を一変させる「希望」へと転化しうる。しかし、深いニヒリズムに塗り込められた『天人五衰』においては、その道は閉ざされているように思われる。

3 虚無の極北

近代の到達点として

そこのところの三島の記述は、まことに周到である。透は本多の企ての先回りをするかのように自殺を図るが、これに失敗して失明し、生活能力を失う。その結果、透が支配し（実は透を支配する）「悪」が「希望」に転化する道は完全に閉ざされてしまうように見える。ただし、透は最後に狂女の絹江と結婚し、絹江は妊娠する。これについては後述する。

こうして『豊饒の海』全篇の物語は、「虚無の極北」が露わとなる結末④へと流れ込んでゆく。月修寺門跡となった聡子を六〇年ぶりに訪ねた本多は、清顕のことなど知らないし、もともと清顕など存在しなかったのではないかと告げられ、衝撃を受けることになるのである。

この結末をどのように解釈すべきだろうか。

第一に言えること。

それは、ここにも近代という時代が行き着いた果ての究極の虚無を見て取ることができる、ということだ。それは意味という意味が崩壊する極限状態であり、言葉によって表現しうる限界に言葉で挑もうとすること、表象不可能なものを表象しようとすることでもある。

ちなみに、唯識の思想は、すべての存在、事象は心（阿頼耶識）から生み出された虚像に過ぎないと説くが、これを体得することが悟りへの飛躍台となるというのが、仏教（宗教）としての唯識の眼目である。唯識の教えを三〇の偈頌（詩句）で示した『唯識三十頌』でも、三〇番目の偈頌において究極の仏の世界が説かれる。ところが、『天人五衰』では逆に、最終の三〇節において、ニヒリズムの極北が露呈するのだ。[*9] すべては虚無である、悟りも何もかも無に過ぎないと解釈する者を「悪取空者《あくしゅくうしゃ》」と呼ぶが、本多はもっとも病み、歪んだ「悪取空者」と言えるかもしれない。

アウシュヴィッツと表象の限界

ところで、創作プランにおける②の構想（最後に真の転生者に出会った本多は、その転生者の導きにより救済される）においては、記憶をめぐるプルースト独特のヴィジョンが大きな役割を担っていたのだが、三島はこれを完全に裏返したことになるであろう。

だが、見方を変えれば、発表された『天人五衰』の結末においては、プルーストが充分に語りえず、いわば論じ残してしまった問題が、主題化された形で提示されているとも言える。記憶のヴィジョンによって存在が回復され、ひいてはすべてが救済されるという筋道をプルーストは差し出したように見えるが、実はそんなことでは到底解決できぬ課題が残されていたことを、後の歴史は暴き出した。『天人五衰』の射程は、その部分に及んでいるように思われるのである。

どういうことか、説明しよう。

プルーストの論じ残したもっとも重要な問題をあえて言うならば、それは表象と記憶の限界の問題である。

プルーストの母はユダヤ人であった。このためプルースト自身もユダヤ人問題には大変敏感で、ドレフュス事件（フランス陸軍参謀本部のドレフュス大尉がユダヤ人であるがゆえの差別、偏見からスパイ容疑で逮捕された冤罪事件）が『失われた時を求めて』全篇を通じて、直接間接にたえず言及されるのは、その証である。それにもかかわらず作品に描かれるのは、登場人物たちによって代弁されるドレフュス事件に対する様々な見解や、ユダヤ教の諸相に関する点描を越えるものとは言いがたく、読んでいて隔靴掻痒の感が残るのは否めない。結局のところプルースト本人が、自身に流れるユダヤの血と、圧倒的に反ドレフュス派が多いパリの社交界に同化しようとするみずからの希求との間で引き裂かれ、この矛盾葛藤が傷口を開いたまま取り残されているのである。

その後の二〇世紀の歴史は、この未解決の課題を、取り返しのつかぬおぞましい結末へと追い込んだ。

それは、アウシュヴィッツにおけるユダヤ人殲滅の問題である。

私はアウシュヴィッツの第二収容所（ビルケナウ）を訪れたことがある。ヨーロッパ各地から連行された収容者を運ぶ引込線が荒涼たる光景の彼方まで延びていた。その引込線の末端は、貨車を降りた者を待ち受けるのはガス室と焼却炉であることを物語るが、誤解を恐れずに言えば、それは『失われた時を求めて』において未解決のまま残されたユダヤ人問題が、その後帰着した地点でもあったのだ。

だが、それが真に意味するのは何かということを、本当のところ私は理解できない。それは当事者以外の誰の理解も及ばぬ領域であり、私たちが表現しようとしても不可能な、表象の限界でもある。では、虐殺された者であれば、その記憶を表現し、私たちに伝えることができるであろうか。それもまた不可能だ。なぜなら、彼は既に死者だからである。

ここには、どのような問題が横たわっているか。私の考えによれば、『天人五衰』の結末は、それを照らし出す。だからと言って、『豊饒の海』という小説がユダヤ人問題を扱っているとか、その問題に対する何らかの解を与えている、ということではない。けれども、「記憶もなければ何もないところへ、自分は来てしまった」という『天人五衰』の末尾の一文は、記憶というものが無力になり、認識も想像力も本来の働きを失って、その結果あらゆる意味が無化され、表象が限界に達する極限を、確かに浮き彫りにする。この一点において、三島はプルーストの論じ残した問題を、正確に主題化していると思われるのである。

また、戦後日本における「何も起らぬといふことの可能性」、言い換えれば戦後日本を蝕むブラックホールは、単に戦後日本固有の問題ではなく、やはり近代それ自体の問題でもある、ということを先に述べたが、アウシュヴィッツは、このことをあらためて私たちに教えてくれる。アウシュヴィッツが提起するのは、プルーストが扱いかねたユダヤ人問題の行く末という問題だけではない。ホフマンスタールが描いたような世界と意味の崩壊の極限という問題でもあり、アウシュヴィッツは、いわばブラックホールの臨界点としての虚無なのだ。

ある視点から言うならば、近代という時代は、そもそものはじめからこの臨界点に向かって歩みを進め、アウシュヴィッツという一つの頂点に達したのではないだろうか。だからこそ戦後の世界は、アウシュヴィッツの影に、深く、長く覆われているのではないだろうか。人間の行いうる行為や言語表現の可能性と限界が、既にアウシュヴィッツで試された以上、人間にできる新たなことはもう何もない。人間のあらゆる可能性をもってしても、アウシュヴィッツを越える悪事を行うことも、これを修祓《しゅばつ》する善事をなすことも、できはしないのだ。ただし、急いで言わなければならないのは、これと同様の惨劇を人は体験しうるということで、現に私たちは原爆による大量虐殺を経験している。本書で先に、「核というものは近代進歩主義、近代科学主義の粋を集めた結晶と言える」、「原爆投下とアウシュヴィッツ強制収容所における大量殺戮こそ、近代化の極点として、以後の時空間に長く深い影響を及ぼし続けてきた」と述べたのは、このことを言ったものである。

そうだとすれば、誰もが繁栄を謳歌しているように見えた戦後日本社会のなかに、三島が意味という意味の解体するブラックホールを見抜いていたことも、決して不可解なことではなかった。なぜなら、たくましく復興の道を歩んだと思われた戦後の時空間の背景に、三島は常にアウシュヴィッツの荒涼たる風景と核爆発の閃光を見ていたに違いないからである。

カルフールと死の狂言芝居

……ところが、アウシュヴィッツからの帰途、私はある事実に衝撃を受けたのだった。アウシュヴィッツへと急いだ往路では気づかなかったが、近郊のショッピングモールに目を奪われたのだ。ケンタッキーやカルフールの大きな看板が見える。映画館もある。日本でも、どこにでも見られるようなモールである。

これを目にしたときの思いを率直に言うならば、人類の負の遺産であるアウシュヴィッツが一瞬のうちに消え去り、すべてがテーマパークでの出来事であるかのように錯覚してしまいそうだ、ということだった。私はポーランド青年の案内でアウシュヴィッツを訪れたのだが、彼もやはり、強い違和感を覚えていると言っていた。ガス室や焼却炉がすぐそこにあった場所で、ケンタッキーを食べ、映画を楽しむとはどういうことなのか。これを我々の感受性としてどう受け止めたらよいのか、感覚が麻痺してしまうのである。

収容所の近くであろうが、そうでなかろうが、人は生きなければならないし働かねばならない。

その意味で、アウシュヴィッツのある町に商店や飲食店があること自体は、何ら非難されるべきことではないだろう。ただそれが、世界中どこにでもある決まりきった建物、看板、レイアウトで展開していることに、冷え冷えとした薄気味悪さを覚えるのである。

このとき私は、アウシュヴィッツに象徴されるような近代の行き着くところとしての虚無が、どこか架空の視点から相対化され、曖昧で不定形なものに変わり、たちまちすべてが蒸発してしまったという思いを禁じえなかった。これは、「近代化が行き着いた地点の、その先にある問題」なのではあるまいか。人間のあらゆる可能性をもってしてもアウシュヴィッツを越えることはできないと先に述べたが、そんなことはなかったのである。

このような観点から『天人五衰』の結末を読み直すなら、月修寺の庭も、同じ不気味な相貌を呈し、ついには蒸発してしまうように思われてくる。

醍醐あたりから、新建材と青い釉薬瓦《くすりがわら》の屋根々々、テレヴィジョン・アンテナ、高圧線と小鳥、コカ・コーラの広告、駐車場つきのスナックの店などの、日本中どこでも見られる新規で落莫《らくばく》とした風景がひろがった。そそり立つ荒地野菊が空を刺している崖っぷちに、自動車の捨場があって、青と黒と黄の三台が不安定に積み重ねられ、ボディの塗装をどぎつく日に灼《や》かれているのが、瓦礫《がれき》の間に見えた。本多は、ふだん自動車が決して示さないそんなはしたない累積の姿態に、子供のころ読んだ冒険物語の、象が死にに来る象牙の堆積した沼の話を思い出した。自動車も亦《また》、死期を覚るとそのように、墓場へおのがじし集まってくるのかもしれないが、いかにも明るくて、無恥で、人目にあらわなところが、自動車らしかった。[*10]

本多は京都から奈良の月修寺までハイヤーで赴くのだが、右はその車窓風景である。このような猥雑な行程の果てに、月修寺の庭が佇んでいる。

それは、かつて清顕が雪中の歩みの果てに、「金無垢の像のように息をひそめ」た聡子の存在を幻視した、その尼寺の庭である。そしていま、本多にとってはおぞましい虚無があからさまに露呈する場所だった。

そうであるはずなのだが、もし本多が月修寺を後にして、京都に戻るならば、再びあの車窓風景を目前に見ることになる。そのとき、ちょうどアウシュヴィッツの存在が近郊のモールの光景によって掻き消されてしまうように、月修寺の庭もアンテナ、高圧線、コカ・コーラの広告、廃車置き場によって掻き消されてしまう……。そういうことに、なりはしまいか。

こんな恐れを抱きながら、あらためて『豊饒の海』の末尾に目を転ずると、次の二行に出会う。

「豊饒の海」完。

昭和四十五年十一月二十五日[*11]

これはもちろん、三島の死の当日の日付である。自衛隊市ヶ谷駐屯地に楯の会会員とともに訪れた三島は、憲法改正のために決起することを自衛隊に促して自決。「檄」の文言に従うなら、「われわれの愛する歴史と伝統の国、日本」を「骨抜きにしてしまった憲法に体をぶつけて死ぬ」。*12

私はこの「檄」の文言を疑いはしない。しかし、実際に三島の死がどのように受け止められたかということを考えると、話はそれほど単純ではないと思われる。それはスキャンダルとして興味本位の関心の的となり、マスコミを賑わし続けた。いまではキッチュな記号となって、日本のみならず世界中で流通している。たとえば、映画「仕立て屋の恋」、「髪結いの亭主」などで知られるパトリス・ルコント監督のアニメ映画「スーサイド・ショップ」(二〇一二年、原作ジャン・トゥーレ)で、自殺用品専門店の主人の名がMishimaであるのは、こうした事態を巧みに取り入れた趣向である。その結果、読者の脳裏に浮かぶ月修寺の庭はどうなるか。それは、キッチュな記号の渦に巻き込まれて何か曖昧で不定形なものに変貌し、そのまま蒸発してしまうのではあるまいか(同時に「檄」の主張も蒸発してしまうだろう)。

だが、ここで視点を一八〇度変えると、次のようなことに思い至る。

すなわち、こういう成り行きを、三島はまったく予期しなかっただろうか。いや、そんなことはあるまい。むしろ三島はこれを見越し、望むがゆえに、あえてこういう死に方を選んだ、と言うべき部分が、多少ともあるように思う。そうだとすれば、三島の自死は一面においては命懸けの狂言であり芝居なのだ。

ここに立ち現われるのは、神聖なものも厳粛な真実も、すべてひとし並みに扱われ固有の生体験がないがしろにされるという、私がメキシコで体験したのと同じ事態だと言える。三島はこれを一九七〇年の時点で既に予測し、みずからの生命を差し出すことで、人々に同種の体験をいち早く突きつけたのではなかったか。

言い換えれば、三島は『天人五衰』の結末の場面を、猥雑な車窓風景と、自身のスキャンダラスな死によって挟み込むことによって、「近代化の行き着いた地点」の「その先」に広がる光景を提示したのだ。二一世紀における「虚無の極北」は、このような形をもって現われるより他ないことを、三島は見抜いていたのかもしれない。それゆえ、『豊饒の海』全篇の幕切れは、「近代化の行き着いた果て」の虚無と同時に、「その果ての先」の虚無をも表象しているのである。

ここに思い至った上で、いま、月修寺のモデルとなった円照寺の周辺地図を確かめると、ゾッとする事実に気づかされる。三島は触れていないが、円照寺を包み込む山の向こう側には、一九六七年（昭和四二）にゴルフクラブが開場していたのだ。このことはちょうど、アウシュヴィッツの周辺にショッピングモールがあり、メキシコ・ウシュマルの遺跡がカンクンからのツアーに紛れてしまっているのを見るのと同様な違和感を、私たちにもたらすのである。

『百年の孤独』

このように、『天人五衰』の大尾には、近代という時代が行き着いた果ての究極の虚無とともに、さらにその果ての先に口を開けている虚無も示されている。そうだとすれば、そこには、もはやいかなる救済もありえないかのようである。

ちなみに、長篇小説全篇の最後に、それまで語られてきた物語のすべてが消滅するという展開は『豊饒の海』完結直後から多くの読者を戸惑わせてきたが、これと類似の設定は、たとえばガルシア＝マルケスの『百年の孤独』においても見出すことができる。

次に引用するのは、その末尾である。蜃気楼の村マコンドを創設したブエンディア一族の運命を記した予言書を、その一族の子孫であるアウレリャノ・バビロニアが読み進めているところだ。

知り抜いている事実に時間をついやすのをやめて、アウレリャノは十一ページ分を飛ばし、げんに生きている瞬間の解読にかかった。羊皮紙の最後のページを解読しつつある自分を予想しながら、口がきける鏡を覗いているように、刻々と謎を解いていった。予言の先回りをして、自分が死ぬ日とそのときの様子を調べるために、さらにページをとばした。しかし、最後の行に達するまでもなく、もはやこの部屋から出るときのないことを彼は知っていた。なぜならば、アウレリャノ・バビロニアが羊皮紙の解読を終えたまさにその瞬間に、この鏡の（すなわち蜃気楼の）町は風によってなぎ倒され、人間の記憶から消えることは明らかだったからだ。また、百年の孤独を運命づけられた家系は二度と地上に出現する機会を持ちえないため、羊皮紙に記されている事柄のいっさいは、過去と未来を問わず、反復の可能性のないことが予想されたからである。*13

作品の最後に物語内容が消滅するという点で、『豊饒の海』と『百年の孤独』のエンディングには共通するところがあるように見える。

しかし、『百年の孤独』の場合、これは一種の逆説で、人間の生は常に物語とともにあるということを、つまり生は物語とともに始まり、物語とともに終わるということを、私たちに語っているのである。それが一回限りなのは、私たちの人生が一回限りのものだからで、しかしそれゆえにこそ生という物語は、かけがえのないものとなる。

これに対して『豊饒の海』では、物語の終わりは意味の解体であり、世界の崩壊でしかない。ニヒリズムは徹底し、生はブラックホールに吸い込まれ、やがて蒸発し、消滅する。

この点において、『豊饒の海』と『百年の孤独』の向かう方向は、まさに正反対であると言わなければならない。

4 『天人五衰』の読み直し

これで終わるわけにはゆかない

本書もいよいよ結論を述べなければならない段階となったが、このように見てくると、『豊饒の海』は二重の意味で「虚無の極北」を表象する、世界文学史に例のない怪作ということになるだろう。

正直に言うならば、長い間私はこのような意味での『豊饒の海』に強く惹きつけられてきた。私自身が感じ考えていても、適切に言い表わせないことを容赦なく表現する作者三島に、目をみはる思いだった。

だが、これで話を終えてしまって良いのだろうか。私たちはそこから、二一世紀を生きてゆくための新たなヴィジョンを読み取ることができるであろうか。

本書で述べてきたように、『豊饒の海』の作品世界の根底には、唯識思想、特に「同時更互因果」という考えが置かれている。しかし、右のようにこの作品を捉えた場合、結局のところ唯識はニヒリズムの思想、悪取空の思想、ということになってしまう。三島は近代という時代のなかに、分断や矛盾をまるごと受け止め、その上で全体を包み込むメカニズムとしての唯識思想を探り当てようとしたはずだが、そういう試みも徒《あだ》になる。「もう一つの世界」、「もう一つの日本」のヴィジョンなどどこにも見当らず、「われわれの愛する歴史と伝統の国、日本」を「骨抜きにしてしまった憲法に体をぶつけて死ぬ」という「檄」の訴えも、白々しい台詞にしか聞こえない。

ひょっとすると、これが私たちの生きている世界の真実なのかもしれない。私たちはいま確かに「虚無の極北」に爪先で立っており、ただ真実に直面するのが恐ろしいがゆえに、そうと気づかぬふりをしているだけなのかもしれない。[*14]

しかし、これで話が終わるのはやり切れないことだし、そもそも私はこのような結論に至るために本書を書いたのではなかった。『豊饒の海』には、「虚無の極北」を越えるヴィジョンは本当に孕まれていないのだろうか。そんなはずはないのであって、もしその種が私たちに託されていたのだとしたら、これを受け止めて顕現させるのは、私たち読者の責務ではないだろうか。本書の残されたページを用いて、この責務を果たす一つの道を、私なりに示してみたいと思う。

天皇と「同時更互因果」

まず、三島の天皇論を再検討することにしよう。

先に私はタイ王ラーマ八世の死に触れつつ、天皇によって体現される根源的生命力が衰亡した戦後日本社会について論及したが、三島の考えによれば、天皇は決して衰亡し、そのまま消滅すべきものではなかったはずだ。しかし、三島の天皇論の真義も、天皇と『豊饒の海』との関係も、これまで適切に捉えられてこなかったので、このことについて、検討する必要がある。一九六八年（昭和四三）五月に書かれた『文化防衛論』で、三島は次のように述べている。

国と民族の非分離の象徴であり、その時間的連続性と空間的連続性の座標軸であるところの天皇は、日本の近代史においては、一度もその本質である「文化概念」としての形姿を如実に示されたことはなかった。[*15]

「国と民族の非分離」という表現は単一民族国家のイデオロギーに基づくもののように見えるかもしれないが、ここで三島が強調しているのは、むしろ民族自決Self-determinationという考えに近い。その象徴としての天皇は特定の個人としての天皇ではなく文化的制度を指している。つまり、昭和天皇とか今上天皇という個人ではなく、何らかの方向性や価値観の物差しが無ければバラバラに解体してしまうに違いない共同体を維持するための文化的制度を、いわば社会を社会たらしめ、生を生たらしめる水路のようなものを指している。本書でこれまで用いてきた言い方に従えば、これもやはり一つの「擬制」に他ならない。ただ、その「擬制」について「時間的連続性と空間的連続性の座標軸」というだけでは、三島の真意を捉えにくい。

議論を急がず、順を追って考えてゆこう。

ここで思い起こしたいのは、『英霊の声』の後書きとして書かれた「二・二六事件と私」や、『討論　三島由紀夫VS.東大全共闘』の後書き（「砂漠の住民への論理的弔辞―討論を終えて」）においても、連続性ということが問題になっていたということだ。既に引用した文章だが、左にもう一度引く。

昭和の歴史は敗戦によって完全に前期後期に分けられたが、そこを連続して生きてきた私には、自分の連続性の根拠と、論理的一貫性の根拠を、どうしても探り出さなければならない欲求が生れてきていた。これは文士たると否とを問わず、生の自然な欲求と思われる。

〔……〕私は過去を一つの連続性として、歴史として、伝統としてとらえ、そして現在を過去の最終的な成果としてとらえ、現在の一瞬への全力的な投入がそのまま過去の歴史と伝統との最終的な成果を保証するものだと考える者である。〔……〕私の仕事も行動もすべて、「葉隠」ではないが、朝起きたときに今日を死ぬ日と心にきめるというところに成立している。したがって現在は死のための最終的な成果であるがゆえに未来は存在しない。未来は存在しないから、未来への過程としての自己も存在しない。

これによれば、「連続性」は、何よりもまず三島という「主体」が、一貫した脈絡ある生き方をできるか否か、という問題としてある。無前提に「連続性」が保証されているわけではなく、断絶し、滅びに直面した「主体」の問題としてである。それが社会や歴史といった「対象」の特性としての「連続性」を探り当てることを要求するのだが、その対象もやはり無前提に連続しているのではなく、断絶と滅びの危険に曝されている。そのような「対象」と「主体」が互いに互いを保証し合うような循環構造を三島は求めているのだ。

　本書を通じて考察してきた「瞬間ごとに世界が死に絶えることと、瞬間ごとに世界が生み出されることとが同時に成り立つという時空論」である「同時更互因果」の考え方は、こうした三島の欲求に応え、これを保証するものであった。だからこそ三島は、「同時更互因果」の考え方をかけがえのない思想として重視したのである。

　しかも、ここで注目したいのは、『暁の寺』の先に引用した「輪廻転生は人の生涯の永きにわたって準備されて、死によって動きだすものではなくて、世界を一瞬一瞬新たにし、かつ一瞬一瞬廃棄してゆくのであった」という箇所の少し前のところで、次のように述べられていることである。

> 〔……〕世界の一切を顕現させている阿頼耶識は、時間の軸と空間の軸の交わる一点に存在するのである。
> 　ここに、唯識論独特の同時更互因果の理が生ずる、と本多は辛うじて理解した。*16（傍点原文）

　この表現は、『文化防衛論』における「時間的連続性と空間的連続性の座標軸であるところの天皇」という言い方を想起させる。

　ここから、一つの仮説を導き出すことができる。

天皇という「擬制」は、「同時更互因果」の思想と等価の役割を担いうるということを、三島は考えたのではないだろうか。時空の連続性は「同時更互因果」の原理によって保証されるが、これと同様に、天皇という「擬制」によっても保証されるのではないか。もっと言えば、この日本という文化圏において、天皇こそは「同時更互因果」の考え方を体現する表象として機能してきたのではないか。

『日本文学小史』を読む

天皇という「擬制」と「同時更互因果」との等価性とは、具体的にはどのようなことなのだろうか。より立ち入って検討するために、『豊饒の海』とともに三島の遺作となった『日本文学小史』を参照し、私見による解釈を与えてみよう。次に二カ所引用するが、初出はそれぞれ「群像」の一九六九年（昭和四四）八月号、一九七〇年（昭和四五）六月号である。

A　命（倭建命のこと—著者注）は神的天皇であり、純粋天皇であった。景行帝は人間天皇であり、統治的天皇であった。詩と暴力はつねに前者に源し、前者に属していた。従って当然、貶黜《へんちゅつ》の憂目を負い、戦野に死し、その魂は白鳥となって昇天するのだった。*17

B　この（「古今和歌集」仮名序のこと—著者注）冒頭の一節には、古今和歌集の文化意志が凝結している。花に啼《な》く鶯、水に棲《す》む蛙にまで言及されることは、歌道上の汎神論の提示であり、単なる擬人化ではなくて、古今集における夥《おびただ》しい自然の擬人化は、こうした汎神論を通じて「みやび」の形成に参与し、たとえば、梅ですら、歌を通じて官位を賜わることになるのである。

全自然（歌の対象であると同時に主体）に対する厳密な再点検が、古今集編纂《へんさん》に際して、行われたとしか考えようがない。それは地上の「王土」の再点検であると共に、その王土と正確に照応し重複して存在すべき、詩の、精神の、知的王土の領域の確定であった。地名も、名も、花も、鶯も、蛙も、あらゆる物名《もののな》が、このきびしい点検によって、あるべき場所に置かれた。無限へ向って飛翔しようとするバロック的衝動は抑えられ、事物は事物の秩序のなかに整然と配列されることによってのみ、「あめつちをうごか」す能力を得ると考えられたのである。これは力による領略ではなくて、詩的秩序による無秩序の領略であった。*18

Aは、『古事記』で父・景行天皇に疎まれ貶黜（官位を下げて、しりぞけること）せられた倭建命が、追放されて死に至る場面を論じた箇所の一節である。ここで重要なのは、倭建命が「戦野に死し〔……〕昇天する」ことだが、私の考えによれば、それは倭建命の薨去《こうきょ》の瞬間のみを指して言うものではない。

倭《やまと》は　国の真秀《まほ》ろば　たたなづく　青垣　山籠もれる　倭し麗《うるは》し*19

右は望郷の歌だが、これを詠むことは、旅先で倒れ、故郷に帰ることがないことを、倭建命その人が既に覚悟している、ということを意味する。そうであるなら、作歌の瞬間において、「主体」は死の瞬間を先取りして体験していることになるだろう。

これは一例だが、倭建命のような追放される英雄の元型である速須佐之男命《はやすさのおのみこと》についてもみてみよう。

八雲《やくも》立つ　出雲八重垣　妻籠《つまご》みに　八重垣作る　その八重垣を*20

右は、荒々しい暴力性ゆえに下界に追放された速須佐之男命が妻を迎える宮殿を出雲国に築造する際の歌とされ、日本最古の和歌と言われるものだが、単なる祝福の歌ではない。ここで「八重垣」を造るというのは、追放の理由となったみずからの暴力性を垣の内側に封印することの比喩表現であり、情緒や抒情を五七五七七という形式のなかに納めることとの比喩表現でもある。この意味で、歌を詠む瞬間は、その都度ごとに「主体」が自己限定という意味での自己否定＝死を経験する瞬間なのであり、やはり作歌という営みの核心には、常にこのような瞬間ごとの死が潜んでいるのだ。しかし、こうして歌が詠まれ＝読まれることによって、ちょうど『春の雪』で月修寺門跡が

「同時更互因果」について「刹那々々に断絶し滅することによって、時間という連続的なものが成立」つと説明したのと同じような形で和歌の、ひいては日本文芸の時間的連続性が引き継がれてゆくことになる。

また、『古今和歌集』仮名序に触れたBにおいては、「詩的秩序による無秩序の領略」ということが言われる。これは政治権力による他者支配の問題ではない。しかしまた、単に和歌における修辞の問題に留まる話でもない。それは、もともと内的必然性によって結ばれているわけではなく、たえず無秩序へと傾いてゆく個々の事象が、文化、文芸的な価値を規定する座標軸を有する空間内に配置されることによって一定の体系に則って整えられることを言ったもので、空間的連続性とは、その体系内に置かれた事象の仮構された意味連関の一貫性を意味するものと言える。

それは、天皇や上皇の命によって編集される勅撰集を通じて体現されるのである。

このA、Bの二例においては天皇が話題になっているが、それは個人としての天皇ではなく、「座標軸であるところの天皇」と呼ばれるような文化的制度のことである。その制度は、瞬間ごとの死と滅びに直面しているからこそ、逆説的に時間と空間を成り立たせている。こう考えるなら、天皇という文化的「擬制」と、唯識思想における「同時更互因果」の原理とが、その働きにおいて等価であるということが、具体的なイメージをともなって了解されるだろう。

『豊饒の海』と文化防衛

右の見方が正しいとすれば、三島にとって唯識思想が意味するものは、単に『豊饒の海』の作品世界の根底に置かれた原理というだけのものではなく、近代という時代のなかに探り当てられるメカニズムというだけのものでもない。それは「天皇」の名で置き換えられるような日本の文化構造の本質そのものをも指す、ということになる。

誤解を恐れずに言ってしまえば、天皇とは唯識であり、唯識とは天皇だったのだ。

ということは、『文化防衛論』の本旨である、日本を守るために何をなすべきかという問いに対して、憲法を改正するということだけが唯一の答えではなくなってくる。むしろ、唯識思想を根底に据えた『豊饒の海』を完成させること、それも、虚無に塗り込められたままではなく、二一世紀を生きてゆくための新たなヴィジョン、いわば「もう一つの日本」の提示をもって完結させようとすること。そしてその成否を読者の手に委ねることこそが、「文化防衛」の最善の実践ということになるのではないだろうか。

ここで忘れてならないのは、本書で述べてきたように、『豊饒の海』の作者はバルザックの系譜を継ぐ世界文学史上もっとも重要な文学者の一人だということである。この作品では、国境を越えて広がる普遍的なテーマが追究されている。三島は熱烈な天皇主義者だと言われるが、だからといって、内向きの視線を持ったファナティックな国家主義者のレッテルを貼るのは誤っているのだ。

末尾の成立過程

だが、既に何度も述べたように、『豊饒の海』は、近代の到達点であるとともに、その到達点の先にある問題でもあるという二重の意味での「虚無の極北」を表象する作品なのである。どうやったら新たな光をあて、これを読み直すことができるのであろうか。

このことを考えるために、『天人五衰』の最末尾である④の物語要素にあらためて目を向けてみよう。この部分については、これまでもたびたび言及してきたが、まとまった形で引用したことはなかった。やや長くなるが以下に紹介し、まずはその成立過程を確認することにしたい。

六〇年間の久闊《きゅうかつ》を叙し、松枝清顕の思い出を語る本多に向かい、聡子は「その松枝清顕さんという方は、どういうお人やした？」[*21]と問いかける。不審に思いながらも本多は記憶のままに物語るが、聡子は「えろう面白いお話やすけど、松枝さんという方は、存じませんな」と平淡な口調で答える。俗界の偽善に囚われて白を切っているのだと思った本多は怒りにかられ、「御門跡は、もと綾倉聡子さんと仰言《おっしゃ》いましたでしょう。〔……〕それなら清顕君を御存知でない筈はありません」と呟き込んで問い詰めるのだが、聡子は声も目色も少しも乱れずに、「いいえ、本多さん、私は俗世で受けた恩恵は何一つ忘れはしません。しかし松枝清顕さんという方は、お名をきいたこともありません。そんなお方は、もともとあらしゃらなかったのと違いますか？」と語るのみである。

「しかしもし、清顕君がはじめからいなかったとすれば」と本多は雲霧の中をさまよう心地がして、今ここで門跡と会っていることも半ば夢のように思われてきて、あたかも漆の盆の上に吐きかけた息の曇りがみるみる消え去ってゆくように失われてゆく自分を呼びさまそうと思わず叫んだ。「それなら、勲もいなかったことになる。ジン・ジャンもいなかったことになる。……その上、ひょっとしたら、この私ですらも……」

門跡の目ははじめてやや強く本多を見据えた。

「それも心々《こころごころ》ですさかい」

この後、門跡はしめやかに手を鳴らし、御附弟を呼んで、本多を庭へと案内する。その場面から作品の結語までの全文を引用しよう。

「折角おいでやしたのやし、南のお庭でも御覧に入れましょう。私がな、御案内するよって」

その案内する門跡の手を、さらに御附弟が引くのである。本多は操られるように立って、二人に従って、暗い書院を過《よぎ》った。

御附弟が障子をあけ、縁先へ本多をみちびいた。広大な南の御庭が、たちまち一望の裡にあった。

一面の芝の庭が、裏山を背景にして、烈《はげ》しい夏の日にかがやいている。

「今日は朝から郭公《かっこう》が鳴いておりました」

とまだ若い御附弟が言った。

芝のはずれに楓を主とした庭木があり、裏山へみちびく枝折戸《しおりど》も見える。夏というのに紅葉している楓もあって、青葉のなかに炎を点じている。庭石もあちこちにのびやかに配され、石の際に花咲いた撫子《なでしこ》がつつましい。左方の一角に古い車井戸が見え、又、見るからに日に熱して、腰かければ肌を灼《や》きそうな青緑の陶《すえ》の榻《とう》が、芝生の中程に据えられている。そして裏山の頂きの青空には、夏雲がまばゆい肩を聳《そび》やかしている。

これと云って奇巧のない、閑雅な、明るくひらいた御庭である。数珠を繰るような蟬《せみ》の声がここを領している。

そのほかには何一つ音とてなく、寂寞《じゃくまく》を極めている。この庭には何もない。記憶もなければ何もないところへ、自分は来てしまったと本多は思った。

庭は夏の日ざかりの日を浴びてしんとしている。……


『春の雪』以来の物語世界のすべてを覆すこの衝撃的な結末は、先述のように一見するとガルシア＝マルケスの『百年の孤独』と似ているようにも思われるが、本質的には真逆である。

その擱筆日は三島自決の当日である。だが、三島は一九七〇年（昭和四五）七月二二日に月修寺のモデルとなる奈良円照寺を取材しており、その際に書き留めたノートからわかるように、右の引用箇所の輪郭は、取材の時点で既に出来あがっていた。その一部を紹介しよう。

話すみ案内
○南むきの庭。南の御庭、芝生、左方に車井戸、右方に撫子の花、「今日は朝からカッコー鳴いてをりました」 庭の木々、緑にしづむ〔「ま」の誤記か〕り浄土の如し 完全な静寂。夏雲、山の林へ導く庭の門のたゝずまひ、 日に熱してゐる青緑の陶の榻。二三の暗い赤の楓の紅葉。
◎じゆずを繰るやうな蟬の声。日はしん〳〵と浄土の如し。夏ここにさかり也。何ものもなし。人住まず。何もない庭へみちびかる。記憶もなし。何もなし。ただ深閑たる夏の庭也。

ラストシーン
何もない南の庭は夏の日ざかりの日を浴びてしんとしてゐる。*22

同年八月、伊豆下田に滞在した三島を訪ねたドナルド・キーンの証言により、同月一一日の時点で、『天人五衰』の結末部分の原稿は一応出来上がっていたことが確かめられている。*23 取材の印象が薄まらないうちに、三島は一気に書き上げたのだろう。

ちなみに、創作ノートの右に引用した箇所に続く部分には、「◎盲目になった透は狂女と結婚する」とある。これは透が自分を慕っていた狂女の絹江を東京の屋敷に引き取り、自殺に失敗して失明した後、彼女と結婚する、という筋立てに関するメモである。先に触れたように、本多の月修寺来訪が描かれるのは最終節にあたる三〇節だが、透と絹江の結婚に関する事柄が実際に記述されるのは二八節であった。このことは、円照寺取材によって結末部分の大枠と細部のイメージが固まったことを受けて、そこから遡るようにして先行部分の骨格が、作者の脳裏において形作られていった過程を示している。

『源氏物語』からの飛翔

さて、以上で準備が整った。これから私は右に見た『天人五衰』の結末部分を、唯識の「同時更互因果」という考えの具現として読み直そうと思う。

ただしその場合、「同時更互因果」という考え方については、若干新たな角度から捉え直す必要がある。私たちはふつう生まれ変わりと言えば、人が一生を終えてから別の生へと転生することだと思うが、三島の考えはこれとは異なり、本多の言い方を借りれば「輪廻転生は人の生涯の永きにわたって準備されて、死によって動きだすものではなくて、世界を一瞬一瞬新たにし、かつ一瞬一瞬廃棄してゆくのであった」。「同時更互因果」についても、「一刹那の世界は、次の刹那には一旦滅して、又新たな世界が立ち現われる。現在ここに現われた世界が、次の瞬間には変化しつつ、そのままつづいてゆく」と本多は考える。このことを踏まえて、私はいま、瞬間ごとに死に絶え、瞬間ごとに新たに生まれるという事態を、つまり、いま死ぬと同時に、いま生きるという事態を、文芸作品の問題として考えようと思うのである。

先に見たように、『天人五衰』の結末部分は、実際に三島が行った取材に多く依拠している。だが、その核心部分は、むしろ先行する文芸作品に触発されて、いやむしろ先行作品との衝突を通じて、新たに生み出されたものであることを忘れてはならない。

そこでプルーストのヴィジョンが裏返されていることは既に確認したが、他に連想されるのは第一に『源氏物語』の最終巻である「夢浮橋」である。

よく知られるように、『豊饒の海』は平安時代後期の作『浜松中納言物語』を典拠とするが、これは転生譚であるということと、主人公の中納言と大姫との関係が清顕―聡子の関係に重なるという点に関するものである。これに対して、『天人五衰』の結末における本多との面談で、聡子が「松枝さんという方は、存じませんな」と語るという設定は、むしろ「夢浮橋」の以下の部分を下敷きにしている。


昔のこと思ひ出づれど、さらにおぼゆることもなく、あやしく、いかなりける夢にかとのみ心も得ずなん。すこし静まりてや、この御文なども見知らるることもあらむ。今日は、なほ、持て参りたまひね。所違へにもあらむに、いとかたはらいたかるべし[*24]

これは、薫の愛人でありながら匂宮とも関係を持ったことに懊悩して出奔、入水を決意するが死にきれず出家した浮舟が、その居場所を知った薫からの手紙を見て、妹尼（浮舟を助けた横川《よかわ》の僧都の妹）に語る言葉である。前後の文脈を補って訳せば、以下のようであろう。「昔のことを思い出そうとしても、まるで何も心に思い浮びません。浮舟を失ったのは夢のような出来事だったと手紙にありますが、一体何のことか、まったく心当たりもないのです。多少とも気持ちが落ち着きましたら、このお手紙のことも合点がゆくのかもしれませんが、今日のところは、やはりこのままお持ち帰り頂きましょう。もしや人違いでもありましたら、まことに具合の悪いことでございます」。一千年近くの時を隔てて、『源氏物語』と『豊饒の海』の末尾が照応しているのは一読して明らかであろう。

しかし、両者の間には大きな違いもある。「夢浮橋」の末尾は、森鷗外の「生田川」と同様に菟原処女の伝説と同じ話型のヴァリエーションで、「さらにおぼゆることもなく」といっても、浮舟は本当にすべてを忘却してしまったわけではない。これはむしろ、二人の男性から求愛されて苦しむ女性の心理を描く類型表現の一つなのだ。薫の心理もまた、窪田空穂が「逢ひて後逢ひ難き恋」[*25]の嘆きと評した、在原業平の「月やあらぬ春や昔の春ならぬわが身ひとつはもとの身にして」（『古今和歌集』）や、「白玉か何ぞと人の問ひし時露と答へて消なましものを」（『新古今和歌集』）といった歌が体現する情緒類型の一ヴァリエーションに他ならない。

ところが、『天人五衰』において聡子が、「松枝さんという方は、存じませんな。〔……〕そんなお方は、もともとあらしゃらなかったのと違いますか?」と言う場面は、事情がまったく異なる。聡子は、そもそも清顕という人間の存在それ自体を否定し、本多に自分自身を直視するようにと迫るのだ。本多にしても、もともと薫が浮舟に関わったように、聡子に関わったわけでは、まったくない。

この意味で、なるほど私たちは『天人五衰』の結末に「夢浮橋」の影を読み取ることができるが、三島はこれを単純に下敷きにしたわけではない。むしろ、『源氏物語』の世界をいったん否定し、しかしそこから直ちに飛翔して、新たな作品世界を生み出したと言うべきである。そうすることによって三島は、近代の行き着く先としての虚無とともに、その虚無のさらに先に横たわる虚無、という二種の虚無を表象する前代未聞の文芸表現を成し遂げているのである。

近松と芭蕉

これを読者の側から言えば、『天人五衰』を読む者の心のなかで『源氏物語』の世界がいったん死に絶えると同時に新たな作品世界が立ち上がる、ということである。私はここに、文芸作品における「同時更互因果」の例を認めるが、『天人五衰』の結末部分に関わる日本の古典文芸作品は『源氏物語』だけではない。

先に、本多が京都から月修寺に赴くまでのハイヤーの車窓風景を引用したが、このような風景描写は、旅の途上の景、特に男女の心中への道中を、流麗な文章で綴る道行と呼ばれる表現形式を踏襲したものである。なかでも、近松門左衛門の『心中天網島』の「名残りの橋づくし」は名文として知られ、三島中期の名短篇「橋づくし」（一九五六年）はこれを踏まえたものだが、『天人五衰』にも、その反映を読み取ることができる。

ただし、心中という事件が悲劇美として結晶する近松の世界は、「橋づくし」における雑駁な戦後空間のなかに持ち込まれることによって、既にパロディー化されていた。今度はそれが、底なしの虚無へと歩みを進める本多老人の道中の景観描写となっているのである。

その後、聡子との面談を終え、庭に案内された本多に向かって、「まだ若い御附弟」が「今日は朝から郭公が鳴いておりました」と語る。創作ノートの記述から、実際に三島取材の当日に郭公が鳴き、それが取材面談中の話題にもなったらしいことが確かめられるが、ここで想起されるのは、松尾芭蕉の次の句である。

うき我をさびしがらせよかんこどり*26

閑古鳥《かんこどり》は郭公の別名で、閑古鳥よ、その鳴き声で、憂鬱な私をいっそう寂しがらせてくれないか、という句だが、その趣意は、いっそうの寂しさの先に、心の澄みゆくような境地が訪れることを祈る思いであろう。その意味で、芭蕉にとって郭公は、心の導きとも言える存在だが、では『天人五衰』の場合は、いったいどうであろうか。

確かに「若い御附弟」が言うように、「今日は朝から郭公が鳴いて」いたかもしれない。しかし、いま本多が庭に降り立ったとき、郭公の鳴き声はもう聞こえない。「数珠を繰るような蟬の声〔……〕のほかには何一つ音とてなく、寂寞を極めている」ばかりである。

この部分は、同じ芭蕉の『おくのほそ道』の以下の一節を踏まえたものだ。平泉を経由して山形に入り、貞観二年（八六〇）、清和天皇の勅願によって慈覚大師・円仁が開山したとされる立石寺《りゅうしゃくじ》を訪れた場面である。

山形領に立石寺と云ふ山寺有り。慈覚大師の開基にして、殊に清閑の地なり。一見すべきよし、人々のすゝむるによりて、尾花沢よりとつて返し、其間《そのあひ》七里ばかりなり。日いまだ暮れず。麓の坊に宿かり置きて、山上の堂に登る。岩に巌を重ねて山とし、松栢年旧《しやうはくとしふり》、土石《どせき》老いて、苔なめらかに、岩上の院々扉を閉て、物の音きこえず。岸をめぐり、岩を這《はひ》て、仏閣を拝し、佳景寂寞《かけいじやくまく》として、こゝろすみ行くのみ覚ゆ。

閑《しづか》さや岩にしみ入る蟬の声[*27]

ここでも『天人五衰』では、芭蕉の世界が否定され逆転している。芭蕉が「佳景寂寞として、こゝろすみ行くのみ覚ゆ」というとき、そこには確かな心の平安が宿っているのに対し、「寂寞」を極めた月修寺の庭は、あたかも点描画法の一点一点のように粉々に解体し、そのまま蒸発してしまうのだ。

心々ですさかい

もうひとつ、この点についても三島は自覚していたと思われるが、清顕など、もともと存在しなかったのではないか、勲もジン・ジャンも、その上私すらいなかったのではないか、と口走る本多に対し、聡子が「それも心々ですさかい」と答える場面についても見ておこう。

この言葉によって「虚無の極北」に突き落とされた本多は茫然となり、「操られるように」庭へ案内される。こうして『天人五衰』の末尾においては、虚脱状態に陥った本多の姿が強調されるのだが、「心々ですさかい」という聡子の言葉を和泉式部の次の歌と対置することによって浮かび上がってくる別の側面がある。

鳴く虫のひとつ声にも聞えぬは心々に物や悲しき*28

この歌の趣意は、虫の鳴き声が一様でないことから、虫でさえ、それぞれに悲しみを抱いて鳴くのであろう。ましてや人間の思いは一層バラバラだ。そう考えると、一段と悲しさが募る、というものである。

これに対して、「それも心々ですさかい」という聡子は、状況を悲しんでいるわけではない。むしろ本多に対して厳しく選択を迫っていると受け取ることもできる。そうだとすれば、衝撃を受け喪心した本多は、この言葉に促され、やがて自分の意志により、あえて「虚無の極北」に沈潜してゆくと、読み解くこともできるのである。*29

『舞姫』と俊徳丸伝説

さらに、創作ノートにおいて、『天人五衰』末尾の取材箇所に続いて記載される、透と絹江との結婚についても、一言述べておくべきであろう。

先にも触れたように、自殺に失敗して失明した透は狂女の絹江と結婚するのだが、二人の関係は、本書でたびたび取り上げたある小説の結末に対する否定的乗り越えという性格を帯びていることに気づかれるであろうか。

その作品とは森鷗外の『舞姫』である。『舞姫』の主人公は、相手の女性であるエリスに妊娠までさせておきながら、結局彼女を捨て、その結果エリスは発狂する。これに対し、透は絹江が狂っていると知った上で結婚し、子まで設ける。その選択は自虐的で、透の内面の荒涼たる風景を窺わせもするが、それでも透は『舞姫』の豊太郎におけるごときエゴイズムからは免れていると言える。このように『春の雪』から『天人五衰』に至るまで、常に『舞姫』の一歩先へ話を進めようとするベクトルが、『豊饒の海』には認められるのである。

同時に、失明した透の身の回りを、彼を慕う絹江が世話するという設定は、『近代能楽集』の一作である「弱法師」の下敷きであり、さらに遡って謡曲「弱法師」の下敷きともなっている俊徳丸伝説の系譜に連なるものである。ただし、俊徳丸伝説においては、継母の呪いによって失明した俊徳丸は、恋仲にあった乙姫の祈願により回復するが、透の場合には病が治ることはない。それだけ絶望の度合いが深いのである。

文芸作品の「同時更互因果」

このように三島は『天人五衰』の結末部分において、『源氏物語』、和泉式部、近松、芭蕉や、鷗外など、日本を代表する文芸作品を巧みに取り込むと同時にその意味を覆し、その上でこれを別次元へと跳躍させて、新たな世界を生み出したのだった。

その世界に救いはない。すべては虚無に沈み、先述のように日本文化はいまはじめて本当の意味での滅びを経験しつつあるのではないかという思いが、私たちを襲うであろう。

しかし、それが偽りのない真実を映し出しているのだとすれば、苛酷な真実に圧し潰されることなくこれを描き切った力は、やはりただ事ではない。それは三島一人によって成し遂げられることではない。そこには、三島による様々な解釈や改変を許容する日本の古典文芸の懐の深さがあった。そして、それが別次元に飛翔したことを的確に感受する読者の存在があった。この、先行文芸＝三島＝読者という三者の「共犯」によって、「虚無の極北」という本来であれば表象不可能なものを表象する前代未聞の文芸表現が実現したのである。

このとき、古典文芸作品の意味がいったん否定され、同時に新たな世界が生み出されているという意味で、唯識の「同時更互因果」の原理の具現化が認められるであろう。

そうだとすれば、『豊饒の海』において輪廻転生の象徴の役割を果たしている「滝」のイメージも、作品末尾に刻まれているはずだ。事実それは刻まれている。それが顕著に現われているのは、蟬の声が響く月修寺の庭の場面であろう。この背景には、『暁の寺』のアジャンタ洞窟寺院における滝の響きと光景が揺曳している。同時に、『天人五衰』末尾の筋の急テンポの展開自体が、滝の激しい落下のイメージを喚起する。

このように考えるならば、『豊饒の海』の結末において、唯識はニヒリズムの思想、悪取空の思想に堕してしまったと簡単に結論づけるわけにはゆかなくなる。むしろ、いま見てきたように読者の側からの働きかけによって『天人五衰』を読み直すことを通じて、二重の意味での「虚無の極北」を包括するような作品世界が立ち上がってくる。そのとき『豊饒の海』は、唯識の「同時更互因果」の原理の具現化であり、従って「文化防衛」の最善の実践たりえているのである。

この観点から見ると、『天人五衰』と京極派の和歌との関係も鮮やかに浮かび上がって来る。京極派は自然詠において他派の及ばぬ歌境を切り開いたが、既述のようにその叙景歌は単に実景をそのまま写しただけのものでも、伝統的な修辞を繰り返しただけのものでもなかった。この京極派の姿勢を、『天人五衰』末尾の月修寺の庭の描写は引き継いでいる。同時にそこには、死を控えた永福門院が病床で詠んだ「忘られぬむかし語りもおしこめてつひにさてやのそれぞかなしき」[*30]という歌が、裏返された形で反映していると言えるだろう。というのも、忘れることのできぬ思い出話もできずに、「つひにさてや」＝「とうともこのまま死んでしまうかと思うこと」が悲しいという永福門院に対して、本多はいっさいの記憶を失ってしまうことになるからだ。

私たちはこうした読解を通じて、「もう一つの日本」というヴィジョンを探り出してゆけるのではないだろうか。それは何か堅固な実体として姿を現わすわけではない。「虚無の極北」に追い詰められた私たちに、容易に与えられる手っ取り早い処方箋などないのだ。重要なのは、どんな困難な状況下にあっても、その状況を表現しようと試みる実作者がいて、これを可能にする言語芸術の蓄積と伝統があり、そしてそれを感受しようとする意志と能力のある読者たちが存在するということである。

「もう一つの日本」とは何かということを具体的に明示することはできない。ただ、三島の手になるテクストとさまざまな文芸の世界とを自由に横断する読書行為によって、どんなにおぞましい「虚無の極北」であっても、それが見事に包摂され表象されるようなダイナミズムそれ自体が、読者一人ひとりにとっての「もう一つの日本」なのである。

＊1　近代という時代が必然的に引き起こす文化、社会構造の解体は、ある時点で一つの極点に達し、その後の時空間に強い像を投げかけ続けたということを先に述べたが、その残像では覆い切れぬ領域が、一九七〇年を境に広が

っていったということである。

*2 ヤノベケンジ、『ヤノベケンジ1969―2005』、六五ページ

*3 三島由紀夫、『決定版三島由紀夫全集一四』、四八〇ページ

*4 ミシェル・フーコー、『言葉と物―人文科学の考古学』、四〇九ページ

*5 『決定版三島由紀夫全集一四』、四五四ページ―四五八ページ

*6 『決定版三島由紀夫全集一四』、五七三ページ

*7 ジャン・ボードリヤール、『悪の知性』、二一三ページ。同書では、現代社会に残された「悪」の描写として『金閣寺』が論じられている。

*8 ジャン・ボードリヤール、『透きとおった悪』、九ページ

*9 この「三〇」という数字の照応については「国際三島由紀夫シンポジウム二〇一五」の聴衆の一人からご指摘を受けた。記して謝意を表する。

*10 『決定版三島由紀夫全集一四』、六三一ページ

*11 『決定版三島由紀夫全集一四』、六四八ページ

*12 三島由紀夫、『決定版三島由紀夫全集三六』、四〇六ページ

*13 G・ガルシア＝マルケス、『百年の孤独』、四七二ページ

*14 ここからさらに一歩進めて考えるなら、近代化の進行の果てに私たちが目の当たりにしているこの世界の光景は、実は、本来の世界の原光景だったのかもしれない。そうだとすれば、これを覆い隠していた人類の歴史という遮蔽幕が、いま、切り落とされただけなのだ。本書冒頭で引用した『天人五衰』評において、澁澤龍彦が『豊饒の海』結末の尼寺の光景に「劫初の沈黙」を読み取っているのは、このことを指しているのではあるまいか。

*15 三島由紀夫、『決定版三島由紀夫全集三五』、四五ページ

*16 『決定版三島由紀夫全集一四』、一四〇ページ

*17 『決定版三島由紀夫全集三五』、五四三ページ

*18 『決定版三島由紀夫全集三五』、五七八ページ

*19 『新編日本古典文学全集一　古事記』、二三三ページ

*20 『新編日本古典文学全集一　古事記』、七三ページ

*21 『決定版三島由紀夫全集一四』、六四四ページ―六四八ページ

*22 『決定版三島由紀夫全集一四』、八七〇ページ

*23 ドナルド・キーン、『ドナルド・キーン著作集4　思い出の作家たち』、四九四ページ

*24 『新編日本古典文学全集二五　源氏物語⑥』、三九三ページ

*25 窪田空穂、『古今和歌集評釈　中』、四六九ページ

*26 松尾芭蕉、『新編日本古典文学全集七一　松尾芭蕉集②』、一五二ページ

＊27　『新編日本古典文学全集七一　松尾芭蕉集②』、一〇二ページ

＊28　和泉式部、『和泉式部集　和泉式部続集』、三一ページ。同書は三島の恩師である清水文雄の校注による。和泉式部は清水の主たる研究対象だった。

＊29　このように考えるなら、聡子に「ニルヴァーナの境地に入った解脱者」の側面を認めることができるかもしれない。本書序章を参照。

＊30　岩佐美代子、『京極派歌人の研究』、三一〇ページ

終章

もう一つの日本を求めて

もう一つの日本

本書の序章で、私は次の問いかけをした。

三島は熱烈な天皇主義者と言われている。しかし、決して内向きの視線を持ったファナティックな国家主義者ではなく、私たち皆にとって切実な、国境を越えて広がる普遍的なテーマを追究していたのではないだろうか。また、三島が何よりも求めたのは決して死ではなく、小説『豊饒の海』を完結させることではなかったか。

本書の考察を踏まえるならば、いまや私たちは、次のように答えることができる。

バブル崩壊、東日本大震災を経て戦後日本が辿り着いたのは「廃墟」であり「虚無」だった。誰よりも早くそう予見した三島は、これが日本に限られた問題ではなく、地球上に生きるすべての人類が直面する課題でもあることを見抜いていた。

だが三島は「廃墟」と「虚無」を前にして死を求めたのではない。逆に、『豊饒の海』を完成させることによって、「廃墟」と「虚無」のただなかを生き抜くための「もう一つの日本」のヴィジョンを、後世の私たちに託したのである。

三島由紀夫という人物は極めて独特な存在であり、特に死の衝撃は読者の精神を呪縛してしまった。このため、作品そのものと正面から向き合い、その文学を日本の、そして世界の文学の文脈に適切に位置づけるという試みが、これまできちんとなされてこなかった。私はこのような状況をあらためたいと思う。本書が契機の一つとなって、三島に対するアプローチが少しでも深化、発展してゆくなら、これ以上嬉しいことはない。

私の考えによれば、先行文芸＝作者＝読者のダイナミックな「共犯」関係に私たち一人ひとりが参画してゆくことこそが、唯識の「同時更互因果」の原理を生きることであり、三島が願った「文化防衛」の実践に他ならない。それが稔りある成果を生むかどうか、実は、何の保証もない。私たちがいま置かれている状況の深刻さを考えれば、その見通しは悲観的なものにならざるをえないのかもしれない。しかし、それでも新たなヴィジョンを求め、探り当てようとすることが求められているのだ。[*1]

生前退位

しかし、「同時更互因果」の原理を具現化することは、容易なことではない。それは、「瞬間ごとに世界が死に絶えることと、瞬間ごとに世界が新たに生み出されることとが同時に成り立つという時空論」を生きることだが、そのような緊張感をもって日々を過ごすことは、困難であるように思われる。

ところが、二〇一六年八月八日、私は今上天皇のいわゆる「生前退位」をめぐる「お気持ち表明」に接し、まさしく「もう一つの日本」と呼ぶべき新たなヴィジョンを提示することについて、深く教えられたのだった。以下に記すのは私の個人的な見解に過ぎないが、三島の天皇論を再検討するためにも、最後に「生前退位」の問題について考えておきたい。

天皇は、「即位以来、私は国事行為を行うと共に、日本国憲法下で象徴と位置づけられた天皇の望ましい在り方を、日々模索しつつ過ごして来ました」と語り、「象徴の務め」について、次のように述べられた。

私が天皇の位についてから、ほぼ二八年、この間私は、我が国における多くの喜びの時、また悲しみの時を、人々と共に過ごして来ました。私はこれまで天皇の務めとして、何よりもまず国民の安寧と幸せを祈ることを大切に考えて来ましたが、同時に事にあたっては、時として人々の傍らに立ち、その声に耳を傾け、思いに寄り添うことも大切なことと考えて来ました。天皇が象徴であると共に、国民統合の象徴としての役割を果たすためには、天皇が国民に、天皇という象徴の立場への理解を求めると共に、天皇もまた、自らのありように深く心し、国民に対する理解を深め、常に国民と共にある自覚を自らの内に育てる必要を感じて来ました。こうした意味において、日本の各地、とりわけ遠隔の地や島々への旅も、私は天皇の象徴的行為として、大切なものと感じて来ました。皇太子の時代も含め、これまで私が皇后と共に行って来たほぼ全国に及ぶ旅は、国内のどこにおいても、その地域を愛し、その共同体を地道に支える市井の人々のあることを私に認識させ、私がこの認識をもって、天皇として大切な、国民を思い、国民のために祈るという務めを、人々への深い信頼と敬愛をもってなし得たことは、幸せなことでした。

右の言葉は優しい慈愛に満ちている。だが、その内容はまことに厳しいものだ。なぜなら、天皇とは何か、その象徴的行為とは何か、ということは決してあらかじめ定まったものではなく、天皇ご自身による絶えざる内省と行為によって、一瞬ごとにみずから自己証明してゆかねばならないということが、ここに述べられているからである。天皇は常に「もう一つの天皇」であることを宿命づけられており、その意味するところは、天皇は現にそうある「ザイン」の存在である以上に、ありうべき真実の「ゾルレン」たらねばならないということなのだ。それは、単に民主的で親しみやすい皇室として振る舞えばよい、という話で済む問題ではなく、むしろその内省と行為自体が「祈り」という宗教的実践であり、しかもその「祈り」が稔りある結果をもたらすかどうかは、天皇ご自身の意のままには決してならないことなのである。このような「お気持ち表明」は、かつて皇太子殿下と美智子妃とのご成婚が当時の日本社会の生活モデルの役割を果たしたことの延長上ありながら、同時にこれを否定し、まったく異なる次元からなされたものであるように私には思われる。

そうだとすれば、このような天皇のあり方は、「同時更互因果」の原理、つまりいま死ぬと同時に、いま生きるという事態、もしくはこれと等価と考えられた三島が言うところの「文化概念」としての天皇のあり方と、重なり合ってくるであろう。

その一方で、天皇が憲法で規定された国事行為以外の「象徴的行為」の重要性をみずから唱えられたことや、この「お気持ち表明」がきっかけとなって「生前退位」に向けての政治手続きが進むことは、憲法の理念に抵触するという見解がある。

私の考えによれば、もし憲法の理念に抵触するようなことがあるとすれば、むしろ当然そうあるべきなのだ。誤解を恐れずに言えば、日本国憲法は結局のところ近代主義、進歩主義的な価値観の枠内での「擬制」である。しかし天皇という「擬制」はそうではない。憲法は大事だが、それですべてが律せられるわけではないということを、私たちはあらためて考える必要がある。「お気持ち表明」は、そう私たちに迫る。先の引用に続く箇所で、「天皇が健康を損ない、深刻な状態に立ち至った場合」、「天皇の終焉に当たっては」という表現が用いられているように、「表明」は天皇ご自身が死を目前に意識することによってなされたものである。その意味で、天皇は生命を賭して「もう一つの日本」のヴィジョンを投げかけられた。それをどう受け止めるかは、私たちの生き方にかかっているのである。

チチェン・イッツァへのサクベ

三島もまた、『天人五衰』を完成させることによって、唯識の「同時更互因果」の原理を実際に生き、「もう一つの日本」のヴィジョンを提示しようとしたが、それは、みずからの命を差し出すことによって成し遂げられた。

ここで思い起こされるのは、先に触れたチチェン・イッツァの人間犠牲の儀式である。生きたままえぐり取られた心臓は、太陽が滅びることを避けるために神に捧げられたと言われる。これに対してウシュマルは流血とゆかりがなかったと三島は言うが、「重要な儀式のためには、ウシュマルの王族は大密林を横切る甃《サクベ》の道をとおってチチェン・イッツァまで行くのであった」[*2]（『旅の絵本』）。

これになぞらえて言えば、三島にもチチェン・イッツァに向けて旅立たねばならなかったのだ。彼は自身を生贄として差し出す。そうすることによって「虚無の極北」を描く『豊饒の海』を中絶、破綻の危機から救い、自身の命と引き換えに、『豊饒の海』を完成させたのである。だから、三島の切腹は、決して死自体が目的だったわけではない。私は先に、「分断され矛盾に満ちた日本の近代の縮図である『昭和』という時代を小説において描き切ろうとするならば、その代償として作者は自身の命を賭けなければならなかった」と述べたが、その意味するところは、ここにあった。

いや、三島が描いたのは「昭和」という時代だけではない。三島は近代という時代そのものを描き、近代化の進行の果てに私たちが目の当たりにしている世界の光景をも描き出した。それは、世界の原光景なのかもしれない。[*3]その原光景を生き抜くためにも、三島はウシュマルからチチェン・イッツァに向けて旅立ったのである。

三島の死に関しては、いくつもの観点がある。三島は早くから死に魅せられていた。彼に強い希死念慮があったのは確かである。その一方で、先述のように三島の死には、興味本位のマスコミの喧騒を引き起こすために仕組まれた狂言芝居という側面もあった。また、三島がみずからの死によって、速須佐之男命、倭建命、歌舞伎『椿説弓張月』で描いた源為朝から、神風連の志士たち、二・二六事件の青年将校、特攻隊の戦士たちにまで連なる、後年アイヴァン・モリスがNobility of failureと呼んだ（『高貴なる敗北』）、滅びる英雄たちの系譜に連なろうとしたことも間違いない。

だが、私の考えによれば、もっとも重要なことはそのいずれでもない。

三島の死は、『豊饒の海』を完結させるためのエネルギーを授かる犠牲の行為であり、彼が命を差し出したがゆえに、いま私たちの手元に『豊饒の海』という作品が存在することを考えるなら、それは私たち読者のために捧げられた犠牲でもあったのである。

＊1　それはある意味で、透と絹江との間に生まれる子に賭けるということでもある。ここに初期創作ノートにおける子―孫へと関係が連なってゆく構想の反映を読み取ることもできる。

＊2　三島由紀夫、『決定版三島由紀夫全集二九』、六五八ページ

＊3　第3章の注14参照。その意味では三島が取り組んだ課題は、国境のみならず時代をも越えていた。

参考文献

和泉式部［一九八三］、『和泉式部集　和泉式部続集』、岩波書店（岩波文庫）
井上隆史［二〇一〇］、『三島由紀夫　幻の遺作を読む――もう一つの「豊饒の海」』、光文社（光文社新書）
井上隆史［二〇一五］、『三島由紀夫「豊饒の海」VS野間宏「青年の環」――戦後文学と全体小説』、新典社
井上隆史ほか編［二〇一六］、『混沌と抗戦――三島由紀夫と日本、そして世界』、水声社
岩佐美代子［二〇〇七］、『京極派歌人の研究』（改訂新装版）、笠間書院
岩佐美代子［二〇〇七］、『京極派和歌の研究』（改訂増補新装版）、笠間書院
岩佐美代子［二〇〇九］、「唯識説と和歌――京極為兼の場合」、井上隆史責任編集『宗教と文学――神道・仏教・キリスト教』、弘学社
上田義文［一九五七］、『仏教における業の思想』、あそか書林
臼井吉見ほか［一九五九（一二月）］、座談会「一九五九年の文壇総決算」、「文学界」
大塚美保［二〇〇二］、『鷗外を読み拓く』、朝文社
北村透谷［一九七六］、『明治文学全集二九　北村透谷集』、筑摩書房
キーン、ドナルド［二〇一二］、『ドナルド・キーン著作集4――思い出の作家たち』、新潮社
窪田空穂［一九六〇］、『古今和歌集評釈　中』（新訂版）、東京堂出版
久米正雄［一九九三］、『久米正雄全集一三』（復刻版）、本の友社
小西甚一［一九六一］、『能楽論研究』、塙書房
齋藤唯信［一九〇七］、『仏教学概論』、森江書店
坂井健［二〇一六］、『没理想論争とその影響』、思文閣出版

澁澤龍彦［一九九四］、『澁澤龍彦全集一〇』、河出書房新社
澁澤龍彦［一九九四］、『澁澤龍彦全集一一』、河出書房新社
島崎藤村［一九六六］、『藤村全集一二』、筑摩書房
杉山欣也［二〇〇〇（七＝八月）］、「『輔仁會報』第二号と三島由紀夫」、「文学」
竹村牧男［二〇〇九］、『「成唯識論」を読む』、春秋社
坪内逍遙［一九七四］、『日本近代文学大系三　坪内逍遙集』、角川書店
坪内逍遙［一九〇九］、「二葉亭君と僕」、坪内逍遙・内田魯庵編『二葉亭四迷――各方面より見たる長谷川辰之介君及其追懐』、易風社
深浦正文［一九五三］、『輪廻転生の主体――何が生死に輪廻するか　何が浄土に往生するか』、永田文昌堂
二葉亭四迷［一九八五］、『二葉亭四迷全集四』、筑摩書房
松尾芭蕉［一九九七］、『新編日本古典文学全集七一　松尾芭蕉集②』、小学館
三島由紀夫［二〇〇〇～二〇〇六］、『決定版三島由紀夫全集（一～四二、補巻、別巻）』、新潮社
三島由紀夫［二〇一七］、『告白　三島由紀夫未公開インタビュー』、講談社
三島由紀夫［二〇一二］、「『豊饒の海』創作ノート九」、「三島由紀夫研究一二」
三島由紀夫［二〇一三］、「『豊饒の海』創作ノート一〇」、「三島由紀夫研究一三」
宮本百合子［一九六八］、『宮本百合子選集七』、新日本出版社
紫式部［一九九八］、『新編日本古典文学全集二五　源氏物語⑥』、小学館
森鷗外［二〇一三］、『鷗外近代小説集一』、岩波書店
森鷗外［一九七二］、『鷗外全集六』、岩波書店
柳田泉［一九六六］、『「小説神髄」研究』、春秋社

ヤノベケンジ〔二〇〇五〕、『ヤノベケンジ1969－2005』、青幻舎
横光利一〔一九八七〕、『定本横光利一全集一六』、河出書房新社
『新編日本古典文学全集一　古事記』〔一九九七〕、小学館
『日本近代文学大事典四』〔一九七七〕、講談社

Baudrillard, Jean〔1990〕*La transparence du mal: Essai sur les phénomènes extrêmes*、ボードリヤール、『透きとおった悪』、塚原史・訳、〔一九九一〕、紀伊國屋書店
Baudrillard, Jean〔2004〕*Le pacte de lucidité ou l'intelligence du mal*、ボードリヤール、『悪の知性』、塚原史、久保昭博・訳、〔二〇〇八〕、NTT出版
Balzac, Honoré de〔1842〕"Avant-propos"、バルザック、「人間喜劇総序」、石井晴一、青木詔司・訳、〔一九九四（一二月）〕、「ユリイカ」
Белинский, Виссарио́н Григо́рьевич〔1841〕"Идея искусства," in *Собрание сочинений 3*, Москва: Худож. лит-ра, 1978.
Belinsky, Vissarion Grigoryevich, *Selected Philosophical Works*, Moscow: Foreign Languages Publishing House, 1956.
Butor, Michel〔1998〕*Improvisations sur Balzac 1: Le marchand et le génie*, Paris: La Différence.
Foucault, Michel〔1966〕*Les mots et les choses: Une archéologie des sciences humaines*、フーコー、『言葉と物――人文科学の考古学』、渡辺一民、佐々木明・訳、〔一九七四〕、新潮社
García Márquez, Gabriel〔1967〕*Cien años de soledad*、ガルシア＝マルケス、『百年の孤独』、鼓直・訳、〔二〇〇六〕、新潮社
Hartmann, Karl Robert Eduard von〔1869〕*Philosophie des Unbewussten: Versuch einer Weltanschauung*, Berlin: Carl

Duncker' s Verlag.
Hegel, Georg Wilhelm Friedrich［1830］*Enzyklopädie der philosophischen Wissenschaften 1: Die Wissenschaft der Logik*、ヘーゲル、『論理学　哲学の集大成・要綱　第一部』、長谷川宏・訳、［二〇〇二］、作品社
Hofmannsthal, Hugo von［1902］"Ein Brief"、ホーフマンスタール、「チャンドス卿の手紙」、『ホーフマンスタール選集三』、富士川英郎ほか・訳、［一九七二］、河出書房新社
Kliger, Ilya［2011］*The narrative Shape of Truth*, The Pennsylvania State University Press.
Lukács, Georg［1972］*Studies in European Realism*, London: Merlin Press.
Schwegler, Albert［1887］*Geschichte der Philosophie im Umriß: ein Leitfaden zur Übersicht*, 14. Aufl, Stuttgart: C. Conradi.
Vargas Llosa, Mario［1971］*García Márquez: Historia de un Deicidio*, Barcelona: Barral.

Supplement to the fourth, fifth, and sixth editions of the Encyclopaedia Britannica: with preliminary dissertations on the history of the sciences, Vol. 6, Edinburgh: Archibald Constable, 1824.

いまこそ読み直したい その他の三島作品

……井上隆史

『豊饒の海』の他にも、いま読み直したい三島作品はたくさんある。三島文学の面白さと可能性をあらためて教えてくれる作品を紹介しよう。

まず『**禁色**』（一九五一年―一九五三年）。戦後の東京を舞台とするこの小説は、生涯にわたって女に裏切られ続けた著名な老作家が、美貌の同性愛青年を利用して、女たちに復讐しようと企てる物語だが、占領―独立の時代を巧みに生き抜かねばならなかった極東の敗戦国・日本が、歴史に翻弄され続ける姿を寓意的に表現するものでもあった。性的マイノリティの生活を描く「同性愛小説」（美青年の側から見て）、芸術家とは何かを問う「芸術家小説」（老作家の側から見て）という読み方だけでなく、占領―独立期の都市小説として『禁色』を読み直すことができるのだ。

東京都知事選に取材し、モデルとなった人物からプライバシー権侵害で訴えられた『**宴のあと**』（一九六〇年）、近江絹糸の労働争議に取材し、毎日芸術賞を受賞した『**絹と明察**』（一九六四年）も、あらためて読んでみたい小説。これらの作品が、三島中期の代表作である『**鏡子の家**』（一九五八年―一九五九年）が不評だったことを受けて構想されたことは、あまり知られていない。『鏡子の家』は、鏡子という女性の家に集う青年群像を通じて戦後日本を蝕む深刻なニヒリズムをえぐり出す作品だが、高度成長を謳歌する同時代の読者からは、不都合な真実を突きつける書として敬遠された。だが、同書が不評だった理由は他にもあり、それは物語の人物設定が虚構であることと、主人公が一人に絞られず、むしろ群像劇のように構成されていることであった。少なからぬ読者にとって、こうした設定、構成は、作品世界に入り込むことを妨げる壁となったのだ。このことを踏まえ、三島は

『宴のあと』や『絹と明察』において、虚構ではなく誰もが知っている社会的事件を作品化し、個性豊かな実在の人物を主人公として配したのである。ただし、それは単なる実話小説ではなかった。三島の狙いはやはり、戦後という時代と社会の全体を捉え、ニヒリズムの問題を追究することにあったのである。

今年（二〇一七年）、吉田大八監督によって映画化されたことで話題の『**美しい星**』（一九六二年）も、ぜひ読み直したい作品。同作は核戦争の危機に直面した冷戦期において人類の存続をめぐり宇宙人が抗争するというＳＦ的な小説だが、地球の滅亡を待望する宇宙人・羽黒が語る「人間の宿命的な病としての三つの関心《ゾルゲ》」は、近・現代哲学におけるもっとも重要な著作の一つであるハイデガーの『存在と時間』の世界観のパロディーとなっている。「思えばナチのやったことは、小さな予行演習だった。思いきや、それから十数年後に、地球全体が強制収容所になったのだ」という言葉も衝撃的だ。『美しい星』はＳＦという設定をとりながら、近代という時代それ自体を問う作品なのである。

ライトノベル風の小説として近年話題になっている『**命売ります**』（一九六八年）も面白い。自殺未遂の後、求人広告欄に「命売ります。お好きな目的にお使い下さい」と告知した若手コピーライターが、命の買手によって国際的な密輸と殺人事件に巻き込まれてゆく話だが、主人公の設定には、検討されたものの使用されなかった『豊饒の海』第四巻の構想の一部（本書で創作メモにおける物語要素の①として掲げた「本多は真の転生者を探し求めるが、現われるのは贋の転生者ばかりである」の一部）と重なるところがある。『命売ります』は、仮に『豊饒の海』第四巻が初期プラン通りに書かれていたらどのようになっていたかを想像するうえでも必読なのだ。

以上、『禁色』、『鏡子の家』、『宴のあと』、『美しい星』、『絹と明察』はいずれも新潮文庫で、『命売ります』はちくま文庫で、読むことができる。

小説以外では、もし、戯曲からひとつ選ぶとすれば『近代能楽集』のなかの「**卒塔婆小町**」（一九五二年）。『近代能楽集』は古典文芸と現代の時空とを自由に往還する作品だが、とくに「卒塔婆小町」では劇中の人物もまた、戦後の都会の公園から明治の鹿鳴館における舞踏会へと飛翔する。私たちはここに、『暁の寺』のバンパイン遊行の場面における時空のあり方（あらゆる境界が溶解する時空のあり方）と類似の構造を認めることができるだろう。「卒塔婆小町」はごく短い一幕劇だが、こういう形で三島文学の本質を垣間見せるのである。

また、本書でも触れたが中村光夫との連続対談『**人間と文学**』（一九六八年）や旅行記『**外遊日記**』（一九九五年。『旅の絵本』その他を、ちくま文庫版として新たに編集したもの）。対談や旅行記は、それが発表された文脈や、そこで言及される作品内容に精通していなければ、真義を充分に了解できないが、逆に言えば、そうしたことが読み手の脳裏にあらかじめ用意されているならば、これほど作家の内面を素直に語ったものは他にないとも言える貴重な資料なのだ（それぞれ講談社文芸文庫、ちくま文庫で読むことができる）。自決九カ月前のインタビューを活字化した『**告白　三島由紀夫未公開インタビュー**』も必見。山中剛史による脚注が丁寧で読みやすい（講談社）。

最後に、やや専門的になるが、『**決定版三島由紀夫全集**』（新潮社）のうち、執筆時未発表稿や初期草稿・未定稿などを多く収めた一五巻、二〇巻、三六巻、補巻、および書簡を収めた三八巻にも、ぜひ目を通したい。どのページを開いても、完成作の背景にある作家の思いが、生々しく伝わってくる。

あとがき

「いま読む！　名著」シリーズの名うての編集者である中西豪士さんが、私の勤務先・白百合女子大学を訪ねてきてくれたのは、昨年の夏であった。初対面の場で、中西さんはこう言うのである。

お前は戦後日本を蝕む「虚無」を三島由紀夫は誰よりも早く見抜いていたと言うが、そういう三島論を書くことによって、今を生き、これから生まれてくる日本人に、いったい何を伝えたいのか。お前は三島由紀夫の創作ノートの分析を通じて、実際に発表されたものとは異なる内容の「もう一つの『豊饒の海』」を仮構したそうだが、それよりも、現実の日本とは異なる、あるべき日本の姿を、「もう一つの日本」として示すべきではないか。

急いで言い添えねばならないが、中西さんは物腰柔らかな紳士で、実際に右のように語ったわけではない。しかし、穏和な言葉遣いの向こう側から、何か「巨大な存在」がこちらを睨みつけ、厳しく叱咤するように、私には思われたのだった。

それから半年準備を重ね、年明けから本書を書き始めた。

執筆にあたって『豊饒の海』を何度も読み直したのはもちろんだが、世界の思想、文学の広い地平において議論を展開するために、必要と思えばいつでも視野を拡大し、これまでの三島研究において真剣に考えることが先送りされてきた領域にも、あえて踏み込んでいった。「巨大な存在」の求めにきちんと応えているかどうか、本書が何事かを成しえているか否かは、今を生き、これから生まれてくる読者の皆さまのご判断に委ねるほかない。

今この文章を書いているのは二〇一七年一一月一〇日である。振り返ると、二〇一一年、雑誌「解釈と鑑賞」で「三島由紀夫というプリズム」という特集を組んだときは、印刷が終わりこれから配本というときに東日本大震災が起こった。二〇一五年の「国際三島由紀夫シンポジウム二〇一五」では開始直前にパリ同時多発テロが起こり、シンポジウム三日目に講演予定だったパリからの参加者がキャンセルを余儀なくされた。本書刊行時に何が起きるか、何も起こらないのかわからないが、どのような状況にあっても読む者に訴えかけてくる力が『豊饒の海』には備わっている。そのことを一人でも多くの人に伝えることができたら、著者としてこれ以上の喜びはない。

なお本書には科研費基盤研究C「戦後派作家の長篇小説に関する総合的研究」の成果が生かされている。

二〇一七年一一月　　井上隆史

井上隆史（いのうえ・たかし）
1963年、横浜市生まれ。
東京大学文学部卒業。現在、白百合女子大学教授。三島由紀夫文学館研究員。著書に『三島由紀夫　幻の遺作を読む ― もう一つの「豊饒の海」』（光文社）、『三島由紀夫「豊饒の海」VS野間宏「青年の環」― 戦後文学と全体小説』（新典社）、『決定版三島由紀夫全集42　年譜・書誌』（共著、新潮社）、『津島佑子の世界』（編著、水声社）などがある。

いま読む！名著
「もう一《ひと》つの日本《にほん》」を求《もと》めて
三島由紀夫『豊饒の海』を読み直す

2018年2月14日　第1版第1刷発行

著者　井上隆史
編集　中西豪士
発行者　菊地泰博
発行所　株式会社現代書館
〒102-0072　東京都千代田区飯田橋3-2-5
電話 03-3221-1321　FAX 03-3262-5906　振替 00120-3-83725
http://www.gendaishokan.co.jp/
印刷所　平河工業社（本文）　東光印刷所（カバー・表紙・帯・別丁扉）
製本所　積信堂
ブックデザイン・組版　伊藤滋章
校正協力：高梨恵一

ISBN978-4-7684-1012-7
定価はカバーに表示してあります。乱丁・落丁本はおとりかえいたします。

活字で利用できない方のための
テキストデータ請求券
『「もう一つの日本」を求めて』